DECISION

-

AKTE AMELIA

AF187342

DECISION

-

AKTE AMELIA

Elaine Bennet

Liza Clarke

1. Auflage 1/2019
Covergestaltung: TomJay (bookcover4everyone)
www.TomJay.de

Bildquellen: © Alberto Andrei Rosu / Shutterstock.com
© adike / Shutterstock.com
© Dmitry Lobanov - Fotolia.com

Lektorat: Sandra Schwarzweller

Bibliografische Information der Deutschen Nationalbibliothek: Die Deutsche Nationalbibliothek verzeichnet diese Publikation in der Deutschen Nationalbibliografie; detaillierte bibliografische Daten sind im Internet über dnb.dnb.de abrufbar.

Herstellung und Verlag: BoD – Books on Demand, Norderstedt

ISBN: 978-3-7494-7065-5

Inhaltsverzeichnis

TEIL III

Es ist nichts erbärmlicher in der Welt als ein unentschlossener Mensch, der zwischen zweien Empfindungen schwebt, gern beide vereinigen möchte und nicht begreift, daß nichts sie vereinigen kann als eben der Zweifel, die Unruhe, die ihn peinigen.

Johann Wolfgang von Goethe (1749 - 1832)

PROLOG

Im Jahr 2098 brach der verheerendste Krieg der Menschheitsgeschichte aus. Auf der vollkommen überbevölkerten Erde fielen Milliarden Menschen den Waffen und Maschinen zum Opfer. Und als es schien, als könne es nicht noch schlimmer werden, fielen die Bomben. Die atomare Strahlung, die dabei freigesetzt wurde, zwang die überlebenden Menschen in einige wenige Schutzzonen, heute als abgeschlossene Städte bekannt. Stadt 4108 ist eine von ihnen. Über die Jahre hinweg leisteten die Schutzmauern gute Dienste, doch mit der Zeit wurden sie brüchig, ebenso wie die einst starke Ordnung. Die neu gebildete Regierung erschuf daraufhin ein System der Regeln und des Friedens. Nur hierdurch und durch die Verfolgung derer, die sich gegen die Regierung stellen, kann unsere Gesellschaft, unsere Stadt, fortbestehen. Die Wächter werden dafür sorgen, dass genug Raum denen bleibt, die in der Hierarchie weiter oben stehen.

So wird unsere Stadt den Widrigkeiten der Zeit trotzen und den Wohlstand der Bevölkerung erhalten können.

Lang leben der Präsident und seine Regierung.

Auszug aus der Grundordnung der Stadt 4108

[...]

3. Aufbau der Stadt

Stadt 4108 ist in vier Zonen unterteilt, in welchen von innen nach außen Regierungsmitglieder (Zone 1), gehobene Arbeiter (Zone 2), niedere Arbeiter (Zone 3) und das minderwertige Volk (Zone 4) wohnhaft sind. Gehobene Arbeiter definieren sich über Arbeitsstellen als Ärzte, Wissenschaftler, Pharmazeuten etc. Niedere Arbeiter definieren sich über Stellen als Pflege- und Hilfskräfte etc. Das minderwertige Volk übernimmt die unnötige Tätigkeit der Landwirtschaft.

Am äußeren Rand der Zone 4 befindet sich die Schutzmauer. Sie umschließt die komplette Stadt, mit Ausnahme der vier Tore. Das Haupttor am nördlichen Ende der Stadt wird häufig genutzt für Forschungsmissionen. Die drei Nebentore am östlichen, südlichen sowie westlichen Rand sind wenig genutzt. Am Haupttor sind grundsätzlich 5 Wachen zu postieren, an den Nebentoren generell jeweils zwei, mit Ausnahme des südlichen Tors, an welchem nur eine vorgesehen ist. Der dichte Wald in unmittelbarer Nähe zur Stadtmauer macht einen Angriff radioaktiv verstrahlter Lebewesen beinahe unmöglich, wodurch hier nur eine Wache erforderlich ist, um die Sicherheit der Stadt zu gewährleisten.

Ein Wehrgang umläuft die ganze Stadt an der Innenseite der Mauer, um den Wachen die Möglichkeit zu geben, den kompletten Bereich um die Stadt herum einsehen zu können.

TEIL I

EINS

Andrew

Ich öffne die leise quietschende Tür im obersten Stockwerk des Regierungsgebäudes und betrete mein Büro. Bereits beim gewohnten Gang zum Fenster, um dieses zu öffnen und die frische Morgenluft hereinzulassen, denke ich an die vor mir liegenden Aufgaben. Der Anblick meines Schreibtisches lässt meinen eben noch leichtfüßigen Gang mit jedem Schritt schwerer und schwerer werden. Da sind sie – die Akten, die mir Jonathan gestern Abend angekündigt hat. Die Banderole mit der roten Schrift lässt sie sehr wichtig aussehen. Ich muss nicht einmal hinschauen, um zu wissen, dass die Aufschrift vor unbefugtem Lesen warnt.

Der bequeme Schreibtischstuhl empfängt mich wie jeden Morgen und gibt mir ein Gefühl von Normalität. Obwohl ich weiß, dass sich die kommenden Wochen wohl kaum als normal bezeichnen lassen werden, schließe ich kurz die Augen und atme tief durch. Doch vergeblich.

Das merkwürdige Gefühl und die leise Stimme, die immer in meinem Hinterkopf erklingt, wenn neue Akten auf meinem Tisch liegen, lassen sich nicht so einfach abschütteln. Alle fünf Monate tauchen sie auf und lassen mich erst wieder los, wenn sie endgültig verschwunden sind.

Wenn die, die sie betreffen, verschwunden sind, wirft mein Unterbewusstsein gehässig ein. Ich schüttle den Kopf, um es zum Schweigen zu bringen.

Die Säuberungsaktion ist sinnvoll. Sie beschützt uns vor der Überbevölkerung, die uns damals an den Rand der Auslöschung gedrängt hat.

Wie ein Mantra werde ich diese Sätze in den nächsten Wochen im Geiste herunterbeten. Wie bereits die drei Male zuvor.

Schon beim letzten Mal war ich Oberster Wächter und hatte zum Bedauern meines Vaters mit Startschwierigkeiten zu kämpfen. Ich kannte den Auftrag und mir wurde wie allen anderen in dieser Abteilung eingebläut, wie wichtig es sei, dass dieser ohne Komplikationen abliefe. Vor fünf Monaten jedoch unterlief mir ein kleiner Fehler, der fast zur Flucht eines Subjektes und damit zur Veröffentlichung der streng geheimen Aktion geführt hatte. Zum Glück konnte ich das Problem schnell beheben – doch noch einmal darf mir das nicht passieren. Das habe ich Vater versprochen – und ich will und kann ihn nicht enttäuschen. Ich habe es seinem guten Namen zu verdanken, dass ich noch immer in dieser Position sitze und die damit verbundenen Privilegien nutzen kann.

Die neuen Subjekte sind noch gesichts- und namenlos, das soll sich jetzt ändern. Mit neuer Entschlossenheit, meine innere Stimme ignorierend, schnappe ich mir den Aktenstapel und entferne die Banderole. Ein kleiner Zettel, der offensichtlich darunter gesteckt hatte, fällt vor mir auf den Schreibtisch. Sofort erkenne ich in dem unsauberen Gekritzel die Handschrift Jonathans.

Seine Nachricht bringt mich zum Schmunzeln:

„Viel Glück mit den neuen Subjekten. Du schaffst das, ich glaube an dich."

So ist er, mein großer Bruder. Stets motiviert er mich, alles zu geben. Ich drehe das Stückchen Papier um und entdecke auf der Rückseite noch einen Satz, den er offensichtlich mit mehr Nachdruck geschrieben hat: „Du musst es schaffen!"

Sofort verschwindet das Lächeln aus meinem Gesicht, die Temperatur im Zimmer scheint urplötzlich um ein paar Grad gefallen zu sein. Ein einzelner Satz zeigt mir, wo ich stehe und was von mir erwartet wird. Nicht nur, dass ich meinen Posten in der Regierung und meinen Studienplatz verlieren würde, wenn etwas schiefliefe. Nein, ich würde auch zu Hause die Konsequenzen tragen müssen. Und was es im Falle meines Vaters bedeuten würde, wenn ich seinen guten Namen in den Dreck zöge und die Sicherheit der ganzen Stadt aufs Spiel setzte, möchte ich mir gar nicht vorstellen.

Mit dieser enormen Last auf den Schultern klappe ich den Deckel der ersten Akte auf. Ich blicke auf das Bild einer älteren Frau. Graue Haare rahmen ein von Falten gezeichnetes Gesicht ein. Ein schneller Blick auf die medizinischen Daten zeigt, dass diese Frau bereits längere Zeit unter der Strahlung in den Randgebieten der Stadt gelitten hat und nun stationär im Krankenhaus behandelt wird. Jonathan hat eine gute Wahl getroffen. Ihr Verschwinden wird leicht und für die Angehörigen plausibel erklärt werden können. Alle relevanten Daten sind in der Akte zu finden, einschließlich der Nummer des im Nacken implantierten Chips. Ich verziehe leicht den Mund.

Sie hat es nicht verdient, einfach so zu verschwinden ... Aber es ist doch immerhin besser, als langsam und qualvoll an der Strahlung zu sterben.

Mit diesem Gedanken bringe ich die leise Stimme in meinem Hinterkopf zum Schweigen. Ich lege die Akte beiseite und nehme mir die nächste vom Stapel.

Die grauen Augen blicken mich feindselig an und ich überlege, wo ich diesen Mann schon einmal gesehen habe. Nach einigen Sekunden fällt mir ein Zwischenfall ein, der zwei Wochen zurückliegt. Dabei versuchte ebendieser Mann – ein Rebell der schlimmsten Sorte – füge ich gedanklich hinzu, sich Zutritt zum Regierungsgebäude zu verschaffen. Dabei verletzte er einen Angestellten, ehe er vom Sicherheitsdienst festgenommen und ins Gefängnis gebracht werden konnte. Laut Akte ist er noch in Haft. Diese Tatsache erweist sich jetzt als Glücksfall für meine Abteilung. Denn mit diesem Subjekt hätten wir wahrscheinlich größere Probleme, wäre er auf freiem Fuß.

Aber es gibt auch friedliche Rebellen.

15

Mein Unterbewusstsein meldet sich wieder zu Wort. Langsam taucht ein Bild vor meinem inneren Auge auf. Die roten Haare fallen offen über ihre Schultern. Ihre grünen Augen und das Lächeln auf ihren Lippen sind mir so vertraut. Bevor sie sich ganz in meine Gedanken schleichen kann, kneife ich die Augen zusammen und schüttle heftig den Kopf.

„Nein, nicht jetzt!", presse ich hervor, während ich mir mit den Handballen auf die Augen drücke. Im Moment kann ich mir die Gedanken an sie einfach nicht erlauben. Ich muss mich konzentrieren.

Mein Blick wandert zurück zur Akte und ich überprüfe die Daten. Die Chipnummer fehlt. Zum Aufspüren des Mannes werden wir sie wohl nicht brauchen, dennoch sollte ich Jonathan danach fragen. Gedanklich mache ich mir eine Notiz und lege die Akte beiseite, jedoch nicht auf die der alten Frau.

Die Durchsicht der restlichen Akten dauert seine Zeit. Ein alter Mann, zwei weitere Rebellinnen, die allerdings keine Ähnlichkeit mit *ihr* haben, drei Männer mittleren Alters und eine Frau aus den Randgebieten der Stadt. Letztere macht mich stutzig, besser gesagt ist es ihre Chipnummer, die mich irritiert. Laut Adresse lebt sie – wie fast alle Subjekte – in Zone 4. Doch die Nummer scheint nicht zu stimmen.

Alle Erkennungscodes, die mit einer Eins beginnen, weisen auf den innersten Sektor hin. Ist es möglich, dass diese Frau in Zone 1 aufwuchs und im Laufe ihres Lebens freiwillig in den äußeren Sektor umgezogen ist? Falls ein solcher Fall in der jüngeren Geschichte jemals vorgekommen sein sollte, habe ich zumindest noch nie davon gehört. Schließlich leben im innersten Sektor nur hoch angesehene Regierungsmitglieder. Vielleicht war sie nicht freiwillig umgezogen und die Regierung hatte es ebenso gut vertuscht wie die Säuberungen, von denen die Bevölkerung nichts ahnt.

Diese Nummer wird Jonathan auch nochmal überprüfen müssen. Aus reiner Neugier rufe ich an meinem Computer die Ortungssoftware für den Chip auf und gebe den sechsstelligen Code aus der Akte ein. Kurze Zeit später höre ich ein akustisches Signal und auf dem Bildschirm zeigt mir ein pulsierender Punkt den Aufenthaltsort und die medizinischen Werte der Frau an. Der Punkt blinkt im äußeren Sektor, sehr nahe an der Schutzmauer. Komisch, dann scheint die Nummer doch korrekt zu sein.

Wieder ertönt die leise Stimme in meinem Kopf:

Bist du sicher? Was ist passiert, dass sie nach da draußen vertrieben wurde?

Ich ignoriere die Stimme, schließe das Ortungsprogramm und entscheide mich nach kurzem Überlegen dazu, die Akte auf den größeren der beiden Stapel zu legen. Diesen werde ich in den nächsten Tagen meinen Mitarbeitern zuteilen, die sich dann um die Ausführung kümmern werden. Die Akte des männlichen Rebellen liegt einsam daneben, genauso wie die letzte, unangetastete auf der dunklen Tischplatte. Das Licht der hereinscheinenden Sonne spielt auf ihr, als würde es ein abstraktes Abbild der Baumkrone vor dem Fenster auf sie zeichnen. Ich strecke mich und atme tief durch, während ich sie mir heranziehe.

Ich klappe den Deckel auf und mein Blick fällt auf das Foto eines Mädchens.

Braune schulterlange Haare, dunkle, leicht genervt dreinblickende Augen.

Mein Herz schlägt plötzlich schneller.

Ein anderes Bild entsteht vor meinen Augen.

Die Haare etwas länger und dunkler, von einem Haarband zurückgehalten. Die Augen blitzen schelmisch, der Mund ist zu einem beinahe spöttischen Grinsen verzogen.

Bücher im Hintergrund.

ZWEI

Andrew - 3 Monate zuvor

An diesem Tag fiel mir das Denken schwer. Normalerweise war die Bibliothek ein perfekter Ort, um zu lernen. Doch irgendetwas war seit geraumer Zeit anders. Schon bei meinen letzten Besuchen hier hatte ich es gespürt. Das leichte Kribbeln im Nacken, das Gefühl, beobachtet zu werden.

Doch immer, wenn mein Blick durch den hohen Raum mit den vielen deckenhohen Regalen schweifte, schienen alle mit ihren Büchern oder mit sich selbst beschäftigt zu sein. Dieses Gefühl hielt mich vom Lernen ab, was nicht passieren durfte. Ich las erneut die Seite in dem dicken Lehrbuch, über der ich schon seit einer halben Stunde brütete. Doch wieder blieb einfach nichts hängen und auch das Blatt unter meinem Stift füllte sich nicht mit der so wichtigen Zusammenfassung der Vorlesung über Regierungsformen.

Wieder dieses Kribbeln in meinem Nacken, dieses unbehagliche Gefühl, von dem ich eine Gänsehaut bekam. Ich kniff irritiert meine Augen zusammen, schüttelte leicht den Kopf und seufzte leise. Beim Blick aus dem Fenster vor dem kleinen Arbeitstisch

19

sah ich eine Birke mit ausladender Krone, die im Gegenlicht der untergehenden Sonne den Eindruck erweckte, in Flammen zu stehen. Das war kein gutes Zeichen. Es bedeutete, dass die Bibliothek bald schließen würde. Bis dahin musste ich mit meiner Zusammenfassung fertig sein. Schon am ersten Tag meines Studiums wurde mir und meinen Kommilitonen deutlich gemacht, welches Privileg es sei, überhaupt in den Genuss dieser Bibliothek zu kommen, und dass wir auf gar keinen Fall versuchen sollten, dieses Privileg mit Füßen zu treten. Dazu zählte auch die Missachtung der höchsten Regel: die Bücher unter gar keinen Umständen aus den Bibliotheksräumen zu entfernen.

Bislang hatte ich noch nie das Bedürfnis gehabt, eines der Werke auszuleihen. Doch heute spielte ich kurz mit dem Gedanken, das Buch in meiner Tasche verschwinden zu lassen, die Zusammenfassung zu Hause zu schreiben und es einfach am nächsten Tag wieder unauffällig in die Bibliothek zu schmuggeln. Noch bevor ich diesen Gedanken zu Ende gedacht hatte, wurde mir klar, wie töricht er war. Sollte ich erwischt werden, würde ich nicht nur exmatrikuliert werden, sondern auch den Namen meiner Familie beschmutzen. Und das gerade jetzt, wo ich doch alles versuchte, um meinen Vater davon zu überzeugen, dass ich auch etwas auf die Reihe bekäme.

Erneut versuchte ich deshalb, mich auf das Buch zu konzentrieren, doch es wollte mir nicht gelingen. Frustriert gab ich auf.

Plötzlich wurde das Kribbeln stärker, mein Unbehagen größer. Erneut scannte mein Blick den Raum. Wieder starrten alle konzentriert in ihre Bücher, einige wirkten schon etwas hektisch, in Anbetracht der späten Stunde. Doch irgendetwas war dieses Mal anders. Ich hatte das Gefühl, etwas gesehen zu haben. Langsam erhob ich mich, schnappte mein Buch und ging zur ersten der zehn engstehenden Regalreihen, wo ich glaubte, eine Bewegung wahrgenommen zu haben. Hier war jedoch niemand.

Trotzdem war ich mir sicher, mich nicht getäuscht zu haben. Nach kurzem Überlegen stellte ich mich an das Ende der Regalreihe, vor das Fenster.

Ich ließ meinen Blick über die Bücher im Regal direkt vor mir schweifen und beobachtete gleichzeitig aus dem Augenwinkel die Regalreihe. Eine Studentin tauchte auf, es schien, als suche sie nach einem Buch. Als sie es gefunden hatte, zog sie es aus dem Regal und schaute dann kurz zu mir herüber, als hätte sie meinen Blick bemerkt. Plötzlich war dieses Kribbeln so stark, dass ich ein Aufkeuchen unterdrücken musste. Schnell drehte ich den Kopf in ihre Richtung, doch ich sah nur noch ihre langen Haare um die Ecke verschwinden. Nach kurzem Zögern lief ich so schnell wie möglich, jedoch ohne Aufmerksamkeit zu erregen, die Reihe entlang zum Ende des Regals. Sie war nicht mehr zu sehen.

Ich schaute auch zwischen die nächsten Regale, doch sie schien sich in Luft aufgelöst zu haben.

Die Bibliothekarin mahnte zum Aufbruch. Bücher wurden zurückgestellt, Taschen gepackt und vor dem Ausgang fand die übliche Taschenkontrolle statt. Auch hier war das Mädchen nirgendwo zu sehen, was mir merkwürdig vorkam.

Auf dem Heimweg zerbrach ich mir den Kopf über sie. Erst jetzt kam mir der Gedanke, dass sie keine Studentin gewesen sein konnte – ihr Kleidungsstil hatte nicht so recht ins Bild gepasst. Zwar hatte sie den für Studenten üblichen Dresscode, jedoch stimmten einige Kleinigkeiten nicht. Ihre Bluse war offensichtlich ungebügelt, die Haare etwas zu hastig hochgesteckt und das Emblem der Fakultät auf der linken Brusttasche der Bluse sah meinem recht ähnlich, jedoch könnte ich schwören, dass die verschnörkelten Linien spiegelverkehrt waren.

Aber wie war sie dann in die Bibliothek gekommen, die nur für Studenten zugänglich war?

Und wohin war sie so schnell mitsamt dem Buch verschwunden?

Eigentlich sollte ich zur Bibliothek zurückkehren und melden, dass ein Buch entwendet worden war. Meine gesellschaftliche Stellung verlangte es. Trotzdem zögerte ich. Welchen Grund sie wohl gehabt hatte, ein Buch zu stehlen?

Fragen über Fragen.

Sie ging mir nicht aus dem Kopf. Dabei sah sie mit ihren braunen Haaren, die sie mit einem Haarband aus dem Gesicht hielt und den ebenso braunen Augen durchschnittlich und unauffällig aus. Und doch war sie mir aufgefallen. Vielleicht war es das schelmische Blitzen in ihren Augen, Sekunden, bevor sie mit dem Buch verschwunden war. Sie schien sich darüber bewusst gewesen zu sein, dass sie dort gar nicht sein sollte. Ich hatte sie noch nie zuvor gesehen, und trotzdem spukte sie durch meine Gedanken, während ich durch die noblen Straßen nach Hause lief. Wer war sie? Wo kam sie her? Wie war sie in die Bibliothek gekommen? Und vor allem: Wie konnte sie es wagen, eines der Bücher mitzunehmen?

Vor der Tür des großen Hauses, in dem ich mit meinem Vater und meinem älteren Bruder lebte, atmete ich tief durch. Alles sollte wirken wie immer, mein Vater sollte nicht merken, dass etwas anders war. Also verdrängte ich dieses durchschnittliche und doch irgendwie außergewöhnliche Mädchen so gut es eben ging aus meinen Gedanken, in der festen Annahme, sie nie wieder zu sehen.

DREI

Andrew

Ich atme tief ein und verscheuche den letzten Rest der Erinnerung aus meinen Gedanken. Doch diesmal gelingt mir das nicht so gut, wie noch vor drei Monaten.

Mein Blick wandert von der immer noch vor mir liegenden Akte zum Fenster. Die leichte Brise, die hereinweht, ist verlockend genug, um mich von meinem Schreibtisch aufstehen und zum Fenster hinübergehen zu lassen. Die frische Luft bringt Ordnung in das Chaos in meinem Kopf. Das Zwitschern aus dem Baum gegenüber dem Fenster klingt fast wie ein höhnisches Lachen. Drei Monate lang hatte ich sie verdrängt.

Sie, die nie zu meinem Leben gehörte.

Und jetzt kreuzen sich unsere Wege erneut. In diesem Moment frage ich mich, warum ich überhaupt versucht hatte, sie zu vergessen. Ach ja, da war ja die Sache mit dem Buch. Wie würden die Konsequenzen aussehen, wenn herauskommen würde, dass ich gesehen hatte, wie sie das Buch verschwinden ließ?

Und jetzt lässt du sie verschwinden, bemerkt die Stimme in meinem Kopf spöttisch.

Nein, das kann nicht sein. Ich muss mich geirrt haben. Das ist sie nicht.

Langsam gehe ich zurück zum Schreibtisch, um mir das Foto nochmal anzusehen. Doch die Gewissheit, mich nicht getäuscht zu haben, nagt bereits an mir. Es gibt keinen Zweifel. Die junge Frau auf dem Foto ist das Mädchen aus der Bibliothek. Um jeden Irrtum auszuschließen, lese ich die gesamte Akte, nur um am Ende das bestätigt zu sehen, was mir von Anfang an klar war.

Sie ist es.

Und sie soll verschwinden.

Ich blättere zurück zur ersten Seite und sehe mir erneut ihr Bild an.

Amelia soll verschwinden. Ausgelöscht werden. Getötet werden.

Wie ich es auch drehe und wende, es hört sich nie besser an. In der Akte wird sie als mögliche Rebellin dargestellt, was ich tief in meinem Inneren bezweifle. Ohne es kontrollieren zu können, kommt mir der Gedanke, die Akte zu vernichten und so zu tun, als ob sie nie bei mir angekommen wäre. Schließlich kann dieses Mädchen mit nur einem Satz meine ganze Welt zerstören. Und diesen wird sie aussprechen, sobald sie herausfindet, wer ich bin. Schließlich hatte auch sie mich in der Bibliothek gesehen und meinen Blick bemerkt, während sie das Buch geklaut hatte.

Doch wie lange wird es dauern, bis ein solcher Schwindel auffliegt?

Meine Phantasie liefert mir die abenteuerlichsten Möglichkeiten, wie ich das Unausweichliche aufhalten kann. Und doch weiß mein Verstand, dass ich nichts unternehmen kann, um es zu verhindern. Ihr Schicksal und vielleicht auch meines wurden in dem Moment besiegelt, als Jonathan die Akte anfertigte. Kann ich es wagen, die Akte weiterzugeben oder muss ich mich selbst um das Problem kümmern? Die Stimme in meinem Kopf wird immer lauter und drängender, bis ich es nicht mehr aushalte und ausspreche, was ich bereits in der Sekunde dachte, als ich ihre Akte aufschlug.

„Das ist nicht fair. Ich habe das nicht verdient."

Meine Stimme hört sich ungewohnt unsicher an.

Sie hat das auch nicht verdient, meldet sich mein Gewissen zu Wort. Merkwürdigerweise sagt mein Bauchgefühl dasselbe, denn plötzlich breitet sich ein angenehmes Gefühl in meiner Magengegend aus. Mit dem nächsten Satz, den ich laut ausspreche, festigen sich meine Stimme und unbewusst auch meine Meinung über dieses widerwärtige Szenario, das sich Säuberungsaktion nennt.

„Das ist falsch."

„Was ist falsch?"

Ich zucke zusammen. Ich hatte nicht mitbekommen, dass mein Bruder das Büro betreten hatte. Sein leicht amüsiertes Gesicht bekommt einen ernsteren Ausdruck.

„Alles okay?" Er erwartet eine Antwort.

„Alles klar, ich war nur gerade in Gedanken", presse ich mit einem entschuldigenden Grinsen hervor. Er scheint zufrieden mit dieser Antwort.

„Das erklärt, warum du noch nicht fertig bist. Komm schon, wir müssen nach Hause. Du weißt doch, dass Vater es gar nicht schätzt, wenn wir zu spät zum Essen kommen. Schließlich hat er uns Manieren beigebracht", meint Jonathan mit einem leicht scharfen Unterton in der Stimme, den er sich bei unserem Vater abgeschaut hat. Schnell klappe ich die Akte zu und werfe sie im Vorbeigehen auf den größeren der beiden wartenden Stapel.

VIER

Das allmorgendliche Geklapper des Frühstücksgeschirrs ist bereits zu hören, als Andrew das Speisezimmer an diesem Morgen betritt.

„Na, auch endlich wach? Du hast die morgendliche Ansprache des Präsidenten verpasst. So habe ich euch nicht erzogen", schallt ihm die unterkühlte Stimme seines Vaters entgegen. Andrew weiß, dass er besser keine Antwort gibt und lässt sich schnell auf seinen Stuhl gleiten.

„Dein Bruder ist schon seit Stunden wach und hat bereits mit seiner heutigen Arbeit begonnen. Nimm dir mal ein Beispiel an ihm und träume nicht immer vor dich hin. Euer gestriges Zuspätkommen hast doch sicherlich auch du zu verantworten."

Sein Vater macht sich gerade erst warm. So läuft es jeden Morgen. Immer findet sein Vater etwas, um ihn schlechtmachen zu können. Und wie jeden Tag schaut Andrew leicht betreten auf seinen noch leeren Teller, während Jonathan voller Unbehagen auf seinem Stuhl hin und her rutscht. Es gefällt ihm nicht, immer als perfekt angesehen zu werden. Jedoch nicht, weil Andrew dadurch schlechter gemacht

28

wird, sondern weil es den Druck auf ihn selbst erhöht. Nachdem sie die routinemäßige Standpauke hinter sich gebracht haben, entspannen sich die Brüder ein wenig und Jonathan und sein Vater setzen das angeregte Gespräch über die Arbeit des älteren Sohnes fort, das unterbrochen worden war, als Andrew den Speiseraum betreten hatte. Andrew hingegen ist nun wieder uninteressant geworden und blickt erleichtert zu ihrem Dienstmädchen Susan auf, die ihm leise einen guten Morgen wünscht und ihm das übliche Frühstücksei serviert. Susan und er hatten sich schon immer gut verstanden. Sie mögen einander, da sie beide eine ähnliche Behandlung vom Herrn des Hauses erfahren, wobei Susan meist noch schlimmer dran ist. Schließlich ist sie in den Augen des Vaters nur ein minderwertiger Mensch aus den äußeren Sektoren der Stadt. Sie könne froh sein, überhaupt in der gehobenen Gesellschaft eine Anstellung gefunden zu haben, pflegt Vater immer zu sagen, wenn sie sich den kleinsten Fehltritt erlaubt. Das zweite Dienstmädchen war vor zwei Wochen unter lautem Geschrei des Hausherrn vom Grundstück gejagt worden, weil sie es gewagt hatte, ihm einen lauwarmen Kaffee zu servieren. Seitdem ist Susan allein für das komplette Haus zuständig. Man sieht ihr die Anstrengungen an. Unter ihren müde blickenden Augen zeichnen sich dunkle Ringe ab und Andrew hatte sie einige Tage zuvor dabei gesehen, wie sie sich einen Mittagsschlaf gönnte, während sein Vater nicht zuhause war.

Glücklicherweise war sie wieder aufgewacht, bevor der Hausherr zurückkehrte, sonst wäre sie heute nicht mehr da, um der Familie das Frühstück zuzubereiten.

Mit einem Blick auf die zwei freien Plätze am Tisch macht sich Andrew daran, sein Frühstücksei zu köpfen. Als er bemerkt, dass das Ei noch leicht flüssig ist, zieht er unwillkürlich die Schultern hoch. Sein Vater mag das Frühstücksei nur hart.

Ein rascher Blick über den Tisch bestätigt seine Befürchtungen. Die Standpauke gegenüber Susan ist nur noch wenige Sekunden entfernt. Sich innerlich darauf vorbereitend, beobachtet Andrew, wie sich die Augen seines Vaters verengen und einen scharfen Ausdruck annehmen.

„Susan!"

Sein Speichel fliegt über den Tisch und scheint in Zeitlupe immer weiter in Richtung der weißen Tischdecke zu sinken. Susan kommt mit erschrockenem Gesicht in den Speiseraum geeilt und stellt sich betreten zu Boden blickend an die Tischkante. Außer sich vor Wut springt der Hausherr auf und knallt den Eierbecher vor Susan auf den Tisch.

„Findest du das eigentlich witzig? Sieht das Ei für dich vielleicht hartgekocht aus? Antworte!"

Susans Augen füllen sich mit Tränen, ihre Finger verkrampfen sich um die Tischkante und sie schluckt hart. Doch sie bekommt kein Wort heraus und kann nur hilflos den Kopf schütteln.

„Nein? Du arbeitest nun schon lange genug für uns, dass dir solche Fehler nicht mehr unterlaufen dürfen. Über den verschütteten Kaffee von vorhin habe ich großzügig hinweggesehen, aber das hier geht echt zu weit!"

Er schnappt nach Luft, nur um dann gleich zur nächsten Schimpftirade anzusetzen. Jonathans Gesicht zeigt keine Regung, während er das Schauspiel verfolgt. Andrew hingegen versucht das Geschrei auszublenden und starrt konzentriert auf den kleinen braunen Kaffeefleck am Platz seines Vaters, der sich stark von der ansonsten so makellosen weißen Tischdecke abhebt.

Hätte er doch nur den Mut, sich gegen seinen Vater aufzulehnen, denkt Andrew grimmig und ballt die Hände unter dem Tisch zu Fäusten. So läuft es immer. Er ist stur, hinterfragt im Stillen alles, was ihm vorgesetzt wird. Doch niemals würde er sich trauen, offen aufzubegehren. In seiner Familie und in dieser Zeit ist bedingungsloser Gehorsam die oberste Regel. Die nächsten Worte des Hausherrn reißen Andrew aus seinen Gedanken.

„Nach all den Jahren bist du wohl immer noch zu blöd, um die einfachsten Geräte zu bedienen. Naja, bei deiner Herkunft ist das ja auch kein Wunder. Du solltest dich in nächster Zeit ganz besonders anstrengen, sonst wirst du bald gar keine Geräte mehr bedienen müssen und kannst in dem Loch verschwinden, aus dem du gekrochen bist!"

Die Tränen hinterlassen nasse Spuren auf Susans Wangen. Sie beeilt sich, dem Befehl des Hausherrn, sie möge ihm doch endlich aus den Augen gehen, Folge zu leisten. Andrew schaut Jonathan an und bemerkt, dass dieser ihn mit argwöhnischem Blick betrachtet – so, als wolle er ihn vor unüberlegten Aktionen warnen.

Andrew erhebt sich und sagt mit leiser Stimme:

„Ich habe keinen Hunger. Ich werde meine Sachen packen und heute früher zur Arbeit gehen."

Er spürt die Blicke in seinem Rücken, als er die Treppe zu seinem Zimmer hinaufgeht. Sollen sie ihn doch für merkwürdig halten und hinter seinem Rücken über ihn reden. Das tun sie ohnehin oft genug.

Vor seinem Zimmer angekommen, hört er ein leises Schluchzen aus der kleinen Kammer am anderen Ende des Ganges. Er geht den Flur hinunter und öffnet die Tür. Vor ihm sitzt Susan zusammengesunken auf ihrer kleinen Pritsche und versteckt ihr Gesicht in den Händen. Andrews Blick wandert durch den kleinen Raum, in dem sich nur noch eine weitere, momentan unbenutzte Pritsche und ein kleines offenes Regal befinden. Die Hälfte davon ist mit den persönlichen Dingen des überarbeiteten Dienstmädchens bestückt. Susan sieht auf und als sie Andrew bemerkt, wischt sie sich schnell die Tränen aus dem Gesicht.

„Es tut mir leid. Es wird nicht wieder vorkommen", bringt sie hervor und unterdrückt dabei ein Schluchzen. Andrew spürt einen Stich im Herzen.

Susan ist wie eine Freundin für ihn und sie leiden zu sehen, tut ihm weh. Betreten sieht er zu Boden und die leisen Worte kommen wie von selbst über seine Lippen.

„Nein, mir tut es leid, dass mein Vater immer so mit dir umgeht. Du hast das nicht verdient. Aber ich bin zu feige, um mich gegen ihn zu stellen."

Susan schaut ihn erschrocken an.

„Das darfst du nicht sagen. Ich kann nicht zulassen, dass du für mich deinen Vater gegen dich aufbringst."

Wie aufs Stichwort ertönt seine herrische Stimme aus dem Erdgeschoss. Susan wischt sich nochmal übers Gesicht, bevor sie sich mit einem Lächeln auf den Lippen an Andrew vorbeidrängt, um schnell dem Willen ihres Dienstherrn nachzukommen.

In seinem Zimmer angekommen, holt ihn der Groll auf seinen Vater und das schlechte Gewissen gegenüber Susan ein. Er lehnt sich gegen die geschlossene Tür, atmet tief durch und reibt sich die Augen. Dann sammelt er seine Arbeitsmaterialien vom Schreibtisch und stopft sie hastig in seine Tasche. Zu hastig.

Das gerahmte Foto, das auf seinem Schreibtisch steht, kippt vornüber und landet mit der Bildseite nach unten auf dem Boden. Schnell hebt Andrew es auf und dreht es in der Hand wieder um. Das Foto erzählt von glücklicheren Zeiten. Es wurde vor vier Jahren aufgenommen. Der Mann im Hintergrund sieht seinem Vater sehr ähnlich, er ist nur ein paar

Jahre jünger. Doch der Mann, der heute Morgen Susan nur wegen einem zu weich gekochten Frühstücksei beinahe gefeuert hatte, ist ein anderer Mann. Die drei Jugendlichen im Vordergrund grinsen glücklich in die Kamera. Die zwei Jungs auf dem Bild sehen unbeschwert aus. Es kommt Andrew fast surreal vor, dass sich innerhalb von vier Jahren alles so sehr verändert hat. Die rechte Seite des Bildes anzusehen, verursacht bei Andrew jedes Mal einen Kloß im Hals, der sich nicht wegschlucken lässt. Die rothaarige Frau blickt voller Hoffnung in eine positive Zukunft mit ihrem Mann und ihren drei Kindern. Sie umfasst die Taille ihres Mannes mit ihrem rechten Arm und kuschelt sich in seinen linken Arm, den er ihr um die Schultern gelegt hat. Das Mädchen vor ihr ist eine fast perfekte Kopie von ihr, einzig die Nase ist die ihres Vaters. Die typische Familiennase. So hatten sie sie immer mit einem Schmunzeln bezeichnet.

Doch diese Zeiten sind lange vorbei. Der Tod der Mutter vor drei Jahren traf die ganze Familie hart. Keiner konnte nachvollziehen, was geschehen war, bevor sie in einer verlassenen Gasse tot aufgefunden wurde.

Seither war alles anders.

„Wärst du doch nur noch hier. Du würdest Vater den richtigen Weg zeigen", flüstert Andrew traurig.

Der Blick auf seine Schwester, die für ihn immer die jüngere Version seiner Mutter sein wird, lässt ihn erneut schlucken.

„Wie konnte sich alles so schnell verändern? Warum musstest du auch noch gehen?"

Die Antworten auf die Fragen will Andrew gar nicht wissen. Sanft stellt er das Foto wieder an den angestammten Platz und verlässt das Zimmer, ohne sich noch einmal umzudrehen.

Das Familienfoto hatte sich bereits vor langer Zeit in seine Netzhaut eingebrannt. Immer, wenn er die Augen schließt, sieht er es. Die besseren Zeiten, das Glück, die Hoffnung. Er versucht es in Einklang zu bringen mit dem, was er jetzt hat. Eine unvollständige Familie aus Vater und Bruder. Die Last auf den Schultern, funktionieren zu müssen und einen Vater, der ihn zu jeder Gelegenheit schlechtmacht. Eine Schwester, die er vermutlich nie wieder sehen wird, von der er nicht einmal weiß, wo sie ist und ob sie noch lebt. Und eine Mutter, die er immer schmerzlich vermissen wird. Jedes Mal, wenn er in den Spiegel blickt, sieht er sie, denn er hat ihre Augen.

Doch es hat sich etwas geändert. Das Bild der glücklichen Familie in seinem Kopf wird immer öfter von einem anderen Bild, dem Bild eines Mädchens mit Haarband, verdrängt. Ob das gut oder schlecht ist, weiß Andrew selbst nicht.

FÜNF

Andrew

Als ich aufwache, pocht mein Kopf im Rhythmus des hörbaren Sekundenzeigers. Der kleine schwarze Wecker auf meinem Nachttisch ist noch eine der wenigen analogen Uhren in der Stadt. Das Ticken scheint lauter zu werden, so, als müsse sich der recht kleine Kerl auf das vorbereiten, was in wenigen Minuten seine ganze Kraft beanspruchen würde. Das Licht der Straßenlaterne, das durch die dünnen Jalousien vor meinem Fenster fällt, malt schmale Streifen auf den hellen Parkettboden. Vermutlich hat mich sowohl die langsam erwachende Helligkeit in meinem Zimmer, als auch das pochende Klopfen in meinem Kopf geweckt. Die dicken Vorhänge fallen schwer links und rechts neben dem großen Fenster nach unten. Ich lasse sie schon seit einiger Zeit offen. Genauer gesagt, seit meine Schwester verschwand. Als wir noch Kinder waren, war sie öfter für einen Nachmittag oder über Nacht verschwunden, wenn sie sich mit unserem Vater gestritten hatte. Meistens kletterte sie dann über die alte Eiche in unserem Garten bis an mein Fenster, um sich von dort wieder ins Haus zu schleichen. Auch, wenn ich nicht mehr unbedingt

36

damit rechne, wie zu Beginn ihrer Abwesenheit, wünsche ich mir manchmal, dass es wieder leise am Glas klopft und ihr roter Haarschopf auftaucht.

Meine Gedanken werden vom durchdringenden Piepen meines kleinen schwarzen Freundes unterbrochen. Ich strecke meinen Arm Richtung Nachttisch aus und schiebe so schnell es mir möglich ist den kleinen gerippten Knopf auf der Rückseite des Weckers herunter. Meine Hände fest auf die hämmernden Schläfen gedrückt, drehe ich mich zur Wand. Plötzlich lässt mich ein erneutes Piepen in meinen Ohren aufschrecken. Schmerzverzerrt ziehen sich meine Augenbrauen zusammen. *Ruhe!*

Für einen Moment ignoriere ich es, während ich das Kissen fest auf meine Ohren drücke. *Ruhe!*

Ich bin mir sicher, dass ich den Alarm des Weckers ausgestellt habe. Genervt von der Tatsache, schon am Abschalten des Weckalarms gescheitert zu sein, schlage ich die Decke zurück und schwinge schnell meine Füße über die Bettkante. Zu den in immer kürzeren Abständen auftretenden schmerzhaften Stichen in meinen Schläfen gesellt sich nun auch noch der standardmäßige Schwindel, der mich immer dann befällt, wenn ich mich zu schnell erhebe. Der Wecker auf meinem Nachttisch scheint nun in kleinen, kreisförmigen Bewegungen zu tanzen, genau wie der Parkettboden unter meinen Füßen. Ich schließe meine Augen, nur für einen kurzen Moment, bis mir einfällt, dass ich zur Sicherheit – an einem so wichtigen Tag wie heute – zusätzlich die

Weckfunktion an meinem Übertragungsbildschirm aktiviert habe. Schleppend verringere ich den Abstand, um den Lärm endlich zu beenden. Dabei fällt mir wieder auf, wie hässlich dieser Bildschirm doch ist. Wenn es nach mir ginge, würde an dieser Stelle ein Gemälde oder ein Foto hängen. Vater hatte jedoch darauf bestanden, dass im Speiseraum und in jedem unserer Schlaf- und Arbeitszimmer jeweils einer dieser Bildschirme hängt. Jetzt, wo mir klar ist, dass es nicht mein Wecker ist, der klingelt, bemerke ich, wie unterschiedlich die Wecktöne doch klingen. Eigentlich kein Wunder, dass ich es nicht registriert hatte, in meiner heutigen Verfassung. Nachdem ich den Alarm am Bildschirm abgestellt habe, setze ich mich wieder auf den Bettrand. Erneut, wie auch schon die halbe Nacht, denke ich an die Akte des Mädchens. An Amelias Akte.

Wem ich sie wohl übergebe? Oder soll ich sie lieber selbst übernehmen? Ich weiß es nicht.

Noch drei Stunden. Der Ablauf der Sitzung ist immer derselbe. Immer wieder. Alle fünf Monate dieselbe Prozedur.

Oder Tortur? schießt es mir durch den Kopf. Nach einer gefühlten Ewigkeit erhebe ich mich, um mich anzukleiden und den verbliebenen Rest meiner Familie im Speisesaal zum Frühstück zu treffen.

Nachdem ich meine Schnürsenkel gebunden habe, hebe ich den Kopf und schaue in den antiken Spiegel an der Wand neben der Treppe. Bevor sich meine innere Stimme wieder zu Wort melden kann, wende ich meinen Blick ab und meine Augen folgen dem Verlauf der Verschnörkelungen am linken Rand des Spiegels. Mutter hat diesen Spiegel geliebt. *Stopp!*

Ich kneife meine Augen zusammen und versuche, diese Gedanken zu verdrängen. Nach einigen tiefen Atemzügen ziehe ich meine Jacke an, schaue ein letztes Mal in die spiegelnde Oberfläche und verlasse das Haus.

Das Hauptgebäude des Regierungsviertels – der Ort, an dem die Sitzung stattfindet – ist nicht weit entfernt von unserem Haus. Das Regierungsgebäude und die vielen Nebengebäude liegen zentral im inneren Sektor. Weit weg von der ärmeren Bevölkerung. Weit weg von der Schutzmauer. Weit weg von der Strahlung eben. Automatisch tragen mich meine Füße dorthin, zumal mein Weg zur Arbeit beinahe der gleiche ist. Vom Fenster meines Büros aus kann ich direkt ins Arbeitszimmer des Präsidenten sehen. Rein hypothetisch natürlich. Sein Reich befindet sich einige Stockwerke oberhalb des großen Saals, in dem heute die Versammlung stattfinden wird. Die Sicht in sein Büro wird durch getönte Scheiben versperrt. Erst zwei Mal war ich dort.

Das erste Mal bei meinem Vorstellungsgespräch für die Stelle als Abteilungsleiter, als Oberster Wächter. Zu meinem zweiten Besuch hatte mich der Präsident persönlich in sein Büro zitiert. Er hatte von den Gerüchten über das fliehende Subjekt gehört. Wenn ich daran zurückdenke, kann ich mich kaum an den Inhalt des Gesprächs erinnern. Alles, was ich noch vor mir sehe, sind die spärliche Einrichtung, die dunkelgrauen Vorhänge und die unzähligen Tierkopf-Trophäen an den weißen Wänden. Außerdem habe ich immer noch den Duft von Moschus in meiner Nase. Beim Gedanken daran, atme ich mit gerümpfter Nase tief ein. Damals war ich froh, als ich das Büro wieder verlassen durfte, und für einen kurzen Moment hege ich diesen Gedanken auch über die Sitzung, bis mir wieder einfällt, was danach folgt.

Stell dich nicht so an, sage ich mir, während ich mich in die Warteschlange für die Sicherheitskontrolle einreihe. Der Präsident will – wie jedes Mal – sicherstellen, dass kein Spion Zutritt zum großen Saal erhält. Alle fünf Monate das Gleiche. Jeder Mitarbeiter stellt sich, fast schon wie ein Roboter, in der Reihe seiner Abteilung an. In meinem Fall ist das die vierte Reihe, die kürzeste von allen. Direkt vor mir steht Luke, ein Wächter meiner Abteilung, den ich von hinten an seinem blonden Schopf erkenne. Die breiten Schultern Mikes verschwinden gerade durch die Schiebetür ins Regierungsgebäude.

Phillip und unser Neuzugang sind nirgends zu sehen, folglich müssten sie die Kontrollen bereits hinter sich gebracht haben und sich im Gebäude befinden. Parallel daneben, in Reihe 3, stehen die Mitarbeiter der IT-Abteilung von Jonathan, den ich selbst aber in der langen Warteschlange nicht entdecken kann. Er muss schon weiter vorne sein, vermutlich schon im großen Saal. Als Luke gerade von zwei Sicherheitsmitarbeitern abgetastet wird, ertönt ein elektronisches Klingeln. Ein Blick zur großen Uhr über dem Eingang zeigt, dass es genau sieben Uhr ist. Noch eine Stunde.

Ich schaue mich um. Einige kommen mir bekannt vor, andere lassen sich von der Seite oder von hinten schwer den mir bekannten Gesichtern zuordnen. Ich höre Gemurmel aus einer der Reihen links neben mir, welches sofort durch einen der Sicherheitsmitarbeiter unterbunden wird. In den zwei übrigen auf der linken Seite stehen ebenfalls IT-Mitarbeiter. Die Angestellten der Abteilung 1, deren Schlange sich am linken Ende des Vorplatzes befindet, überwachen das Regierungsgebäude und sorgen für die Sicherheit des Präsidenten. Das ist der Grund, weshalb sich vor diesem Sicherheitstor stets die längste Schlange bildet. Obwohl sie schon vor über einer Stunde mit der Kontrolle begonnen haben, sind noch immer nicht alle Mitarbeiter überprüft.

Die Bildschirme am oberen Ende des Sicherheitstors, welches als Ganzkörperscanner fungiert, zeigen die jeweiligen Abteilungsnummern an und leuchten jedes Mal rot auf, wenn etwas oder jemand verdächtig erscheint oder grün, wenn die Kontrolle erfolgreich überwunden ist. Eine Ausnahme in Abteilung 1 bilden Holly und Logan, dessen Lachen ich bis hier in Reihe 4 hören kann. Sie beraten den Präsidenten in Sachen Mode und Auftreten. Warum ausgerechnet die beiden diesen Job bekommen haben, ist mir

41

ein Rätsel. Sie könnten nicht gegensätzlicher sein. Logan schätze ich, was in Anbetracht seines stark geschminkten Gesichts schwer ist, auf Mitte 30. Er erinnert mich an eine Mischung aus Clown und buntem Singvogel, aus Witz und Verrücktheit. Und Holly, etwa 40, spielt dabei eher den Part der grauen Maus. Einzig und allein die fliederfarbene Haarspange fällt an ihr auf. Scheinbar ergänzen sich die beiden, eben wie Yin und Yang.

Schon wieder höre ich Logans gekünsteltes Lachen und wundere mich, warum ihn niemand ermahnt.

Ich bin dran.

Zwei Sicherheitsmänner in schwarzen Anzügen tasten mich ab, während ich meine Arme nach oben halte. Mein Blick wandert zur Seite, zu den verwaisten Torbögen der Abteilungen 5 und 6. Die Zahlen zeigen noch immer an, welche Mitarbeiter dort vor über einer Stunde bereits von den Assistenten des Präsidenten überprüft wurden.

Dann greift der größere der beiden Männer grob nach meinem rechten Handgelenk, um zu kontrollieren, ob ich den Armreif trage. Das Erkennungszeichen der Regierungsmitarbeiter. Jeder ist verpflichtet, ihn zu tragen. Es handelt sich dabei um einen silbernen Metallreifen, versehen mit einem in weißen Linien eingravierten Hirschkopf mit großem Geweih. Der Hirsch sieht mächtig und charismatisch aus und soll wohl eine Art Selbstbild des Präsidenten sein.

Als mir der stämmig gebaute Mann zunickt, bewege ich mich mit drei großen Schritten zum Tor. Während ich wie angewurzelt unter dem Bogen stehe, verfolge ich mit meinen Augen die roten Laserstrahlen, die mehrfach über meinen ganzen Körper wandern. Beim Ertönen eines akustischen Signals schaue ich nach oben, der Bildschirm mit der Abteilungsnummer 4 leuchtet grün. Nichts anderes hatte ich erwartet.

Ich gehe weiter zur nächsten Station. Vor mir stehen zwei Regierungsmitarbeiter aus IT-Abteilung 2, zuständig für die Überprüfung der Chips. Auch diese speziell ausgewählten Computerspezialisten mussten heute schon früh zur Kontrolle antreten. Als ich zwischen ihnen hindurchblicke, erkenne ich zwei weitere, sehr breit gebaute Anzugträger aus Abteilung 5 oder 6 – die letzte Hürde auf dem Weg in den großen Saal.

Gerade als ich an die IT-Spezialisten herantrete, sehe ich Luke wieder für einen Moment, bis er hinter der elektrischen Schiebetüre im Gebäude verschwindet. Die Herren flankieren mich von zwei Seiten und sehen mich mit finsteren Blicken an. Der eine hält mir einen kleinen Scanner entgegen. Der andere hat ein kleines Gerät in der Hand, auf welchem die Daten aller Teilnahmeberechtigten der heutigen Sitzung gespeichert sind. Er wippt nervös und offensichtlich gereizt mit dem Fuß auf und ab. Ohne zu zögern halte ich mein Armband vor den Scanner.

Meine Gedanken schweifen ab und ich überlege, ob besagter Herr wohl immer in diesem Gemütszustand arbeitet, oder ob seine Laune und Ungeduld durch die etwas kürzere Nacht herrühren. Plötzlich endet das tappende Geräusch des Fußes, was mich sofort zurück ins Hier und Jetzt bringt. Die zusammengezogenen Augenbrauen des anderen Mannes lassen mich bereits leicht nervös werden. Der Scanner gibt ein durchdringendes Piepen von sich, während der kleine Kontrollpunkt am oberen Ende des Scanners kurz rot aufleuchtet. Der gereizte Sicherheitsbeamte dreht sich in Richtung der Männer vor der Schiebetür um und gibt ihnen ein Zeichen. Die beiden machen sich langsam auf den Weg zu unserer kleinen Gruppe. Zum Glück bin ich der letzte in meiner Abteilung, der gecheckt wird, so werde ich wenigstens nicht zum Gespött meiner Untergebenen.

Mit wachsendem Unbehagen registriere ich, wie in den anderen Reihen das Getuschel beginnt und nach und nach immer mehr Blicke auf mir ruhen. Der Mann mit dem Scanner in der Hand macht einen Schritt auf mich zu und sieht mich mit eiskalter Miene an. Instinktiv weiche ich einen Schritt zurück, ich fühle mich wie ein kleines Kind, das gerade bei etwas Verbotenem erwischt wurde. Verzweifelt schlucke ich und sehe die Sicherheitsleute auf mich zukommen, ebenso wie ich die näherkommenden Schritte der Sicherheitsbeamten von vorhin hinter mir höre. Aber weshalb sollte ich fliehen?

Das kann doch alles nicht wahr sein. Schlagartig erinnere ich mich daran, was mit Leuten passiert, die versuchen, sich mit gestohlenen oder gefälschten Armbändern Zutritt zum Regierungsgebäude zu verschaffen. Schnell verdränge ich die Bilder vor meinem inneren Auge und mache verzweifelt einen Schritt auf den Mann mit dem eisigen Blick zu.

„Bitte, versuchen Sie es noch einmal. Ich arbeite schon seit über einem Jahr in dieser Abteilung. Das muss ein Irrtum sein. Sie kennen mich doch. Wir sehen uns oft morgens auf dem Weg zur Arbeit. Oder auf den Fluren. Oder in der Mittagspause."

Mein Wortschwall wird durch seine hervorschnellende Hand unterbrochen. Er schnappt sich mein Handgelenk und drückt den silbernen Reifen erneut gegen das Lesegerät. Seine Zähne sind zusammengepresst, dann knurrt er mir mit etwas freundlicheren Augen zu:

„Ein Computer kennt keine Missverständnisse."

Mir läuft es eiskalt den Rücken herunter und ich habe das Gefühl, als würde mir nie wieder warm werden. Die Sicherheitsbeamten sind nur noch etwa einen Schritt entfernt und ich versuche bereits, mich innerlich auf den Zugriff ihrer starken Pranken vorzubereiten.

In diesem Moment ertönt das erlösenden Ping des Lesegerätes und der kleine Kontrollpunkt blitzt grün auf. Noch nie zuvor war ich so froh, dieses Geräusch zu hören. Ich atme erleichtert aus, während mir ein Stein von der Größe des Regierungsgebäudes vom

Herzen fällt. Die Gesichtszüge meines Gegenübers entspannen sich, Grimmigkeit weicht einer leichten Verwirrung. Mit meinem Armband ist also alles in Ordnung. Und die Informationen auf Armband und Chip scheinen übereinzustimmen.

Die beiden Männer, die mit leicht verwirrtem Gesichtsausdruck nur halb so einschüchternd wirken, tauschen die Positionen. Die Sicherheitsbeamten ziehen sich wieder zurück und der vormals genervte der beiden IT-Spezialisten beginnt mit der Abfrage. Familienname. Vorname. Alter. Adresse. Familienstand. Die Angaben rattere ich wie in Trance herunter, immer noch erleichtert, einem großen Skandal gerade noch entkommen zu sein. Gesundheit: Physisch und psychisch stabil, Kategorie 1. Abteilung: 4. Eltern: Mutter tot. Vater in Rente, ehemaliger Assistent des Präsidenten. Position: Oberster Wächter.

Der Mann nickt und hält mir das Display seines Anzeigegerätes hin. Ich gebe meinen 6-stelligen Erkennungscode in das blinkende Tastenfeld ein.

Code accepted.

Mein Armreif blinkt und fordert mich auf, den eingravierten Hirsch auf den pulsierenden Punkt am oberen Rand des Displays zu halten. Einige Sekunden später blinkt es grün auf und speichert meine Registrierung für die heutige Versammlung. Die beiden winken mich durch in Richtung Schiebetür, neben der sich die Sicherheitsbeamten wieder postiert haben. Ich gehe auf sie zu und merke, wie ihre

Blicke mich etwas misstrauisch verfolgen, ehe sie von einem weiteren Zwischenfall abgelenkt werden.

Die Schiebetür öffnet sich und ich betrete den Vorraum des großen Saals. Dort trinken die Menschen Sekt und reden, es wirkt fast, als wären sie auf einer Hochzeit. Ich beschließe, sofort in den Sitzungssaal zu gehen. Dort herrscht freie Platzwahl. Ich setze mich in die zweitletzte Reihe ganz an den Rand, auf die Seite des Ausgangs. Von dort aus kann ich den Sitzungssaal am schnellsten wieder verlassen. Langsam füllt sich der Raum.

Ich stütze mich mit meinem Arm auf dem freien Stuhl neben mir ab und schaue mich um. Ein paar Reihen vor mir glaube ich Jonathan an seinen dunkelbraunen Haaren zu erkennen. Gerade in diesem Moment dreht er sich um und blickt in meine Richtung.

Alle fünf Monate sitze ich in etwa an der gleichen Stelle. Mal ein paar Stühle weiter rechts, mal weiter links. Die Sicht auf die Bühne ist von überall einwandfrei, da der Boden des Saals nach hinten ansteigt. Zudem hängen auf beiden Seiten und in der Mitte des Saales Bildschirme, die den Präsidenten in Nahaufnahme zeigen, wenn er spricht. Der Präsident hat dafür gesorgt, dass er überall in bestmöglicher Auflösung zu sehen ist. Jonathan schaut mich mit strenger Miene an, so, als wolle er mir sagen, die Säuberungsaktion habe reibungslos abzulaufen und Fehler dürften mir auf keinen Fall unterlaufen. Oder hat er etwas von meinen Schwierigkeiten bei der Sicherheitskontrolle mitbekommen?

Doch dann entkrampft sich seine Mimik, er zwinkert mir zu und wendet seinen Blick wieder ab.

Offensichtlich weiß er nichts von dem Beinahe-Zwischenfall.

Plötzlich denke ich wieder an die Akten auf meinem Schreibtisch. An Amelias Akte.

Und an das, was nach der Sitzung folgt. Wem ich wohl welche Akte zuteilen soll?

Meine Gedanken werden durch das Geräusch, welches den Beginn der Versammlung einleitet, unterbrochen.

SECHS

Andrew

Alle Menschen im Saal stehen auf. Ich auch. Wir legen unsere rechte Hand mit der Innenfläche auf die linke Seite der Brust und warten, bis der Präsident das Podium betritt. Im Augenwinkel fallen mir Holly und Logan auf, die zwei Reihen weiter vorne stehen. Logan scheint leicht nervös zu sein, sein Oberkörper wippt hibbelig hin und her.

Da ist er, Isaac Ross.

Nach ihm betreten noch einige Mitarbeiter die Bühne, links und rechts von Ross stellen sich seine zwei Assistenten auf. Einer von ihnen ist Frederic, ein Mann um die sechzig, mit zerzaustem grauem Haar, das ihm beinahe bis zur Schulter reicht. Der andere, ein Mann mittleren Alters, ist heute das erste Mal in dieser Position an der Seite des Präsidenten zu sehen. Wenn ich mich recht erinnere, heißt er George. Ein einziges Mal habe ich ihn auf dem Flur gesehen. Er wirkt gepflegter, zumindest was seine Frisur betrifft. Die Robe ist bei beiden dieselbe. Sie tragen dunkelblaue Jacketts, dunkelblaue Hosen, weiße Hemden und eine weiße Krawatte, die ebenfalls mit dem Hirschkopf, dem Symbol des Präsiden-

49

ten, bedruckt ist. Im Falle der Krawatte ist der Tierkopf blau. Es ist alles wie immer – wie immer im Abstand von fünf Monaten. Einzig und allein Isaac Ross ist heute anders gekleidet. Er trägt ein weißes Hemd, darüber ein graues Jackett.

Der gleiche triste graue Ton wie der seiner Vorhänge, denke ich, während mein Blick auf seine weißen Schuhe fällt. Meine Augen wandern wieder nach oben, zu seiner weinroten Krawatte. Rot wie Blut, umgeben von einem weißen Hemd, das fast unschuldig wirkt. Ich fokussiere sein von Falten gezeichnetes Gesicht. Neuerdings trägt er einen Bart. Vielleicht ist er der Meinung, der Vollbart ließe ihn glamouröser erscheinen. Auch seine Haarpracht wirkt dieses Mal voluminöser.

Isaac setzt sich auf den einzigen Stuhl, der mittig auf der Bühne steht und einem Thron ähnelt. Er hebt die Hand. Alle im Saal, mich miteingeschlossen, verneigen sich, während sie immer noch die rechte Hand auf die linke Brustseite halten. Die Geste soll unsere Dankbarkeit und unsere Wertschätzung dem Präsidenten gegenüber zum Ausdruck bringen. Diese Tradition ist für Ross ebenfalls eine gute Gelegenheit, seine Macht zu demonstrieren. Wir nehmen Platz. Erneut hebt Isaac Ross seine Hand, um zu zeigen, dass er bereit ist, seine Worte, die bei jeder Sitzung bis auf ein paar Feinheiten unverändert sind, an uns zu richten.

„Verehrte Anwesende." Er räuspert sich.

„Sie alle wissen, wieso wir heute hier sind. Heute beginnt etwas Besonderes."

Etwas Besonderes ist es für mich schon lange nicht mehr. Vielmehr eine Arbeit, die ich zu erledigen habe. Nicht mehr und nicht weniger.

Abermals denke ich an Amelias Akte, während sich in Ross' Gesicht ein stolzes Grinsen abzeichnet.

„Etwas, das unsere Stadt zu einer Stadt macht, in der wir sicher leben können. Eine wiederkehrende Tradition beginnt heute von Neuem."

Er erzählt von schweren Zeiten, Zeiten des Krieges. Zeiten, in denen es der Stadt schlecht gegangen sei.

Wie immer fällt mir auf, dass einige in meiner Reihe ihre Lippen bewegen und Teilsätze des Präsidenten wie in Trance simultan mitsprechen. Er erzählt von der Strahlung an den Randgebieten der Stadt als Folge des Krieges, die trotz des medizinischen Fortschritts schlussendlich ausnahmslos zum Tod führe, von der durch die Unterschicht hervorgerufene Verdrängung der Oberschicht, von der Überbevölkerung, die zum Problem werden könne, wie bereits zuvor einmal geschehen. Und natürlich von den Systemgegnern, den Rebellen. Das war stets Ross' Lieblingsthema. Ich habe mich schon öfter als ich es zugeben darf gefragt, wie eine angeblich so kleine Gruppierung eine so große Gefahr darstellen kann.

„Und auch diesmal war unsere Versammlung, um genauer zu sein die Sicherheitskontrollen, das

51

Ziel eines feigen Rebellenangriffs. Einige unserer Scanner wurden offensichtlich manipuliert, sodass angesehene und langjährige Regierungsmitarbeiter zunächst nicht zur Versammlung zugelassen wurden."

Ich war also nicht der Einzige, stelle ich in Gedanken fest.

„Zudem konnte erneut ein Eindringungsversuch mit Hilfe eines gestohlenen Armbandes vereitelt werden. Die Rebellen werden in Zukunft mit noch größerer Härte verfolgt und bestraft werden müssen, um die Sicherheit unserer Stadt zu gewährleisten."

Den letzten Satz schleudert Isaac Ross mit Begeisterung in die vor ihm sitzende Menge. Jubel brandet auf. Das faltige Gesicht verzieht sich zu einem breiten Grinsen und Ross benötigt einige Anläufe, bis er seine überschwängliche Rede fortsetzen kann.

„Doch heute soll ein anderes, erfreulicheres Thema im Mittelpunkt stehen. Die erneute Zurückdrängung der allzeit schwelenden Gefahr der Überbevölkerung. Die Lösung für unser Problem…", er pausiert, um den letzten Worten mehr Nachdruck zu verleihen,

„… ist einzig und allein die immer wiederkehrende Säuberungsaktion!"

Die letzten Worte werden bereits vom tosenden Applaus der Menge und vereinzelten Jubelschreien verschluckt. Ich applaudiere ebenfalls, jedoch eher verhalten, nicht so euphorisch wie Logan, der wie

52

jedes Mal die lautesten Jauchzer von sich gibt. Mit dem Tuch in seiner rechten Hand winkt er euphorisch seinem Idol zu. Bestimmt benötigt er es auch, um seine Freudentränen wegzuwischen. In diesem Moment verdunkelt sich die Bühne, weißer Rauch steigt auf. Dasselbe Spektakel wie immer.

Nach kurzer Zeit wird das Podium wieder beleuchtet. Nun stehen nur noch Frederic, George und ein paar Mitarbeiter der Abteilung 1 auf der Bühne. Das Publikum beruhigt sich nach und nach wieder. Als letztes steht Logan noch, der schließlich von Holly energisch zurück auf seinen Platz gezogen wird.

Der Teil der Veranstaltung, welcher nun folgt, ist für mich fast noch unerträglicher. Die beiden Assistenten erläutern uns die Vorgehensweisen während der geplanten Aktion, die Notwendigkeit zur Verschwiegenheit und den Umgang mit eventuell auftretenden Problemen. Sie scheinen die Aufmerksamkeit nicht gänzlich zu genießen. Bei jeder Versammlung wirkt dieser Part der Veranstaltung, als würden die Assistenten emotionslos ihren Text ablesen. Sie könnten ebenso gut ihre Einkaufsliste vortragen, es wäre niemandem aufgefallen. Die meisten der Anwesenden sind nur für den Präsidenten gekommen. Um den Mann zu sehen, der die Sicherheit der Stadt aufrechterhält. Im Gegensatz zu vielen anderen versuche ich hingegen, die eintönigen Anweisungen, die ich mittlerweile schon auswendig kann, zumindest höflichkeitshalber aufmerksam zu verfolgen.

Doch heute gelingt mir nicht einmal das. Meine Gedanken wandern wieder zu der Frage, die mich schon die ganze letzte Nacht wachgehalten hatte.

Was mache ich mit Amelia? Ich bin so in Gedanken versuchen, dass es mich fast überrascht, als Frederic und George kurz darauf im aufsteigenden Rauch die Bühne verlassen. Nur noch die Mitarbeiter stehen kurz wie versteinert auf der Bühne, ehe sie sich eilig in Richtung des Bühnenausganges entfernen.

Endlich ist das Schauspiel beendet. Ich stürme hinaus ins Freie und atme tief ein. Auf einmal kommt mir die Lösung für mein Problem in den Sinn. Es ist fast so, als habe ich sie mit dem frischen Luftstrom durch meine Nase eingesogen.

Es gibt nur einen Weg. Ich kann Amelia nicht abgeben. Ich muss sie selbst beseitigen.

Ich, ganz alleine.

Meine Atmung beruhigt sich auf dem Weg zu meinem Büro, während sich in meinen Gedanken das Unvermeidbare formt: Ich muss mich persönlich um die Akte kümmern.

Ich muss Amelia töten.

SIEBEN

Andrew

An diesem Morgen bin ich schon früh im Büro und die Luft, die hereinströmt, als ich das Fenster öffne, ist beinahe unangenehm kalt. Mir bleibt noch etwa eine halbe Stunde, ehe meine Mitarbeiter eintreffen.

Mike ist der älteste von ihnen. Er arbeitet schon lange für die Regierung und hat mir nie ganz verziehen, dass ich die Stelle des Obersten Wächters bekommen habe, als mein Vorgänger in Rente ging. Schließlich hatte er zu diesem Zeitpunkt schon einige Jahre mehr Erfahrung, als ich.

Ich weiß, dass er Spaß daran hat, sich im Rahmen der Säuberungsaktion um die Subjekte zu kümmern, die nicht so regierungstreu sind, wie er. Dass er bei der Vergabe des Postens übergangen wurde, erklärt er sich mit dem Einfluss meines Vaters auf den Präsidenten, der mich persönlich in das Amt des Obersten Wächters erhoben hat.

Die beiden anderen Wächter, Phillip und Luke, waren davon natürlich begeistert. Sie waren mit mir im Ausbildungslager und hatten dort schon die angebliche Bevorzugung durch meinen Vater beobachtet. Auch sie sind mit Feuereifer dabei, wenn es da-

55

rum geht, die Subjekte zu beseitigen. Schon bei der letzten Säuberungsaktion konnten sie es kaum erwarten, endlich ihre Akten in Händen zu halten, um sich dann zu überlegen, auf welche möglichst qualvolle Weise sie ihr Opfer ausschalten könnten. Auch dieses Mal rechne ich damit, dass sie mir die Akten aus den Händen reißen. Das erwartungsvolle Blitzen in ihren Augen hat etwas Beängstigendes an sich. Irgendwann wird sie ihr Eifer in eine Situation bringen, aus der sie sich nicht aus eigener Kraft retten können, dessen bin ich mir sicher. Denn dieser Eindruck entstand bereits bei unserer ersten gemeinsamen Säuberungsaktion und hatte sich seither recht hartnäckig gehalten.

Ich vertreibe diese Gedanken aus meinem Kopf und konzentriere mich auf die Akten, um die jeweils perfekten Paarungen aus Subjekt und Wächter zu bilden.

Dieses Mal sind wir zu fünft. Der neue Wächter kommt frisch aus dem Ausbildungslager und scheint noch etwas verunsichert zu sein. Es wird schwierig werden, für ihn die richtigen Subjekte auszuwählen. Doch davon lasse ich mich nicht entmutigen.

Die zehn Akten liegen in zwei Stapeln vor mir auf dem Schreibtisch. Der kleinere der beiden enthält meine Subjekte, die ich bereits im Vorfeld ausgewählt habe. Also wende ich mich dem größeren Stapel zu und verteile die Akten auf meinem Schreibtisch, um alle auf einen Blick betrachten zu können. Die Akte des alten Mannes passt nicht ins Bild. Er scheint das am einfachsten zu beseitigenden Subjekt zu sein. Also wird unser Neuzugang Finn sich um ihn kümmern.

Doch die anderen Akten sind alle eine Herausforderung. Mikes Spezialität ist es, seine Opfer mit den Händen zu quälen, um so Informationen aus ihnen herauszuholen. Er sagt immer, dass er sie auspresse wie eine reife Zitrone. Zu ihm wird auf jeden Fall eine der Rebellinnen passen. Doch auch Luke quält gerne, seine Methoden sind allerdings weniger rabiat. Er liebt es, zuzusehen, wie seine Subjekte an einem langsam wirkenden Gift oder Ähnlichem zugrunde gehen. Er bekommt ebenfalls eine Rebellin.

„Schließlich wollen wir ja unser ganzes Potential ausschöpfen", murmle ich leise vor mich hin.

Die Rebellinnen und der alte Mann sind also vergeben. Nach kurzem Nachdenken beschließe ich, die Akte der auffälligen Frau an Phillip zu geben. Er ist gut darin, Informationen zu beschaffen, ohne seine Opfer dabei zu quälen. Seine Beobachtungsgabe hat schon einige Male dabei geholfen, ein ganzes Rebellennest ausfindig zu machen. Seine Methoden zur Beseitigung der Subjekte sind schnell und meist schmerzlos. Es ist nicht so, dass er keinen Spaß daran hat, es war mehr *Mitleid mit der Kreatur* wie er gerne mit einem Grinsen zu verstehen gibt. Schließlich können die Subjekte ja nichts dafür, dass sie in seinen Augen irgendwelche psychischen Defekte haben, die sie sozusagen nach der Hand schnappen lassen, die sie füttert. Wird er angegriffen, oder muss er keine Informationen beschaffen, schlägt er auch schon mal offensiv und impulsiv zu.

Der Gedanke an eines seiner Opfer lässt mich frösteln. Ich sehe noch immer ihr Gesicht vor mir – obwohl nicht mehr viel davon übrig war, nachdem er mit ihr fertig war. Ich verscheuche die grausigen Bilder aus meinem Kopf und wende mich wieder den Akten zu.

Die drei Männer mittleren Alters sind laut der Darstellung in ihren Akten sehr aggressiv, haben jedoch angeblich keine Verbindung zu den Rebellen. Nach kurzem Überlegen lege ich auch diese Akten beiseite und mache mir in Gedanken die Notiz, sie an meine drei erprobten Wächter zu geben.

Lassen wir sie etwas Spaß haben, sage ich in Gedanken in die Stille des Raumes.

Ein Klopfen an der Tür lässt mich aufblicken.

Ohne noch einmal auf die letzte verbliebene Akte zu sehen, schließe ich sie und teile sie Finn zu.

Ein Blick zur Uhr zeigt mir, dass die Wächter es wieder nicht erwarten können. Sie sind acht Minuten zu früh. Dennoch sage ich laut *Herein*.

Die Tür öffnet sich und drei äußerst motivierte Männer betreten mein Büro, gefolgt von einem deutlich weniger motiviert aussehenden Finn. Er schließt die Tür und folgt dem Beispiel der anderen, die sich bereits vor meinem Schreibtisch positioniert haben.

„Haben wir diesmal wieder solche Schwächlinge oder sind auch mal welche dabei, die zumindest für uns eine kleine Herausforderung darstellen?", fragt Mike mit einem spöttischen Grinsen.

Ich beschließe, die Anspielung zu übergehen und versuche, meine Antwort möglichst autoritär klingen zu lassen.

„Du weißt ebenso gut wie ich, dass ich keinen Einfluss auf die Auswahl der Subjekte habe. Aber vielleicht besänftigt dich ja die Aussicht auf eine Rebellin, die höchstwahrscheinlich einiges zu erzählen hat."

Mikes Augen blitzen auf.

„Nur fürs Protokoll: Ich muss euch nochmals auf die hohe Geheimhaltungsstufe der Säuberungsaktion hinweisen. Keines der Subjekte und auch kein Unbeteiligter soll davon Kenntnis erlangen. Beim kleinsten Verdacht auf diese Möglichkeit gebt ihr mir Bescheid. Zusammen werden wir dann eine Lösung finden, die trotzdem für die sichere und geheime Fortführung der Säuberungsaktion sorgt."

Die gelangweilten Blicke der erfahrenen Wächter kündigen schon die nächste Stichelei an.

„Gib uns die Akten und wir machen uns an die Arbeit. Wir wissen, wie die Sache läuft."

Phillip ist kein Mann vieler Worte, was er hier mal wieder unter Beweis stellt. Ein weiterer Seitenhieb lässt nicht lange auf sich warten. Diesmal ist es Luke, der einen Schritt vortritt.

„Wir sind doch nicht blöd. Im Gegensatz zu manch anderem", spuckt er mit verächtlichem Blick in meine Richtung regelrecht aus.

Ohne darauf einzugehen, überreiche ich ihm mit kalter Miene seine Akten und er tritt wieder einen Schritt zurück. Mike und Phillip treten nacheinander vor, um ebenfalls ihre Akten in Empfang zu nehmen. Da Finn keine Anstalten macht, vorzutreten, stehe ich auf, schnappe mir seine Unterlagen und gehe um meinen Schreibtisch herum ein paar Schritte auf ihn zu.

Mit zitternder Hand nimmt er sie entgegen und sieht mir dabei nicht in die Augen. Es passiert, was passieren muss. Er lässt seine Akten fallen und der Deckel der oberen klappt auf. Schnell bückt er sich, um alles wieder einzusammeln. Das spöttische Grinsen der drei anderen erahne ich, ohne hinzusehen. Mein Blick fällt kurz auf die offene Akte, die Finn schnell wieder zuklappt.

Die stechenden grauen Augen. In diesem Moment dämmert es mir, dass es ein Fehler war, die letzte Akte ungesehen Finn zuzuteilen. Doch zurück kann ich nicht mehr. Vor den drei anderen, die auf jeden kleinen Fehler von mir lauern, einzugestehen, dass mir bei der Zuteilung der Akten ein Fehler unterlaufen ist, kann ich nicht. Kurz spiele ich mit dem Gedanken, die Papiere doch noch unauffällig mit meinen zu tauschen. Doch die grauen Augen würden mir mehr Aufmerksamkeit abverlangen, als ich erübrigen kann und will.

Mein Fokus liegt auf meiner zweiten Akte. Phillip, der seine Dokumente bereits überflogen hat, reißt mich aus meinem Gedankenstrom.

„Hast du nicht noch eine Akte für mich? Die Frau aus dem äußersten Sektor ist ja wohl ein Witz. Und der Mann scheint auch keine große Herausforderung zu sein. Wie wäre es denn mit der da?"

Sein Griff an mir vorbei und hinter meinen Rücken auf den Schreibtisch überrascht mich. Deshalb schaffe ich es nicht, ihm die Akte abzunehmen, ehe er sie öffnen kann.

„Ja, das ist was für mich. Die scheint eine Herausforderung zu sein und außerdem ...".

„Und außerdem gehört sie mir", erwidere ich und nehme sie ihm wieder weg. Sein kurzzeitig überraschter Blick wird feindselig, doch der bissige Kommentar kommt von Mike.

„Aha, jetzt fängt der zweite Sohn auch noch an. Wollen wir wohl mal wieder eine Akte unter den Tisch fallen lassen? Scheint ja in der Familie zu liegen, nicht wahr? Oder wie steht Jonathan zum Vorfall mit eurer Schwester?"

Mein unwissender Blick lässt einen herablassenden Ausdruck auf seinem Gesicht erscheinen. Schnell bringe ich meine Mimik wieder unter Kontrolle und antworte mit fester Stimme.

„Ich habe keine Ahnung, wovon du redest. Aber da wäre noch etwas", ergänze ich, einem plötzlichen Geistesblitz folgend.

„Da Finn das erste Mal dabei ist und er offensichtlich noch etwas unsicher ist, möchte ich, dass du dich um ihn kümmerst. Gib ihm eine kleine Einweisung und erkläre ihm die wichtigsten

Grundlagen. Der Präsident wird sich sicherlich über eine erfolgreiche erste Säuberungsaktion des Neulings freuen. Und das könnte dein Verdienst sein."

An die anderen gewandt, füge ich hinzu:

„Das wäre dann alles. Ihr könnt gehen."

Mike muss sich sichtlich anstrengen, sich die Erwiderung, die ihm eindeutig schon auf der Zunge liegt, zu verkneifen. Ich hatte ihm einen mehr oder weniger direkten Befehl gegeben und dem kann er sich nicht widersetzen. Für die unterschwellige Drohung muss ich mir innerlich auf die Schulter klopfen. Das war der zweite geniale Einfall innerhalb weniger Minuten. Zudem hatte ich damit auch das Problem mit dem Rebellen mit den stechenden grauen Augen gelöst. Sollte etwas schieflaufen, würde Mike dafür verantwortlich gemacht werden können. Schweigend verlassen die Wächter mit wenig begeisterten Gesichtern nacheinander mein Büro. Parallel zu einem hörbaren Aufatmen meinerseits wird die Tür etwas lauter als nötig von außen geschlossen. Jetzt kann ich mir das Lächeln, das bereits seit einigen Minuten in mir schlummert, nicht mehr verkneifen.

Gut gelaunt gehe ich zum Fenster, reibe mir über das Gesicht und freue mich wie ein kleines Kind, dass ich Mike Kontra gegeben habe. Mich wieder auf meine heutige Aufgabe besinnend, begebe ich mich kurz darauf zurück zu meinem Schreibtisch und blicke auf die gerettete Akte. Mit neuem Elan beschließe ich, gleich mit der Bearbeitung dieser zu beginnen. Ich schlage sie auf und gebe, wie schon ein paar Tage zuvor, die Chipnummer in die Ortungssoftware auf meinem Computer ein.

ACHT

Andrew

Der blinkende Punkt, der von ihrem Chip erzeugt wird, leitet mich direkt zu ihrem Haus. Mein Weg zu ihr führt mich durch die halbe Stadt, raus aus dem edlen Regierungsviertel und den gehobenen Vierteln und hinein in die ärmeren Regionen, die weiter außen liegen. Ich genieße den Fußmarsch an der frischen Luft.

Sie wohnt nicht in der äußersten Zone, gehört also nicht zu den ärmsten Menschen, aber ihre Familie scheint nicht allzu viel Geld zu haben. Während ich mich langsam ihrem Haus nähere, versuche ich mir ein Bild von ihren Lebensumständen zu machen. Das Haus sieht nicht besonders gepflegt aus. Im Dach lassen sich selbst von außen einige undichte Stellen erkennen. Der kleine Garten ist über und über mit Unkraut bewachsen. Nur der schmale, ausgetretene Fußweg, der hinter einem schief in seinen Angeln hängenden Gartentor beginnt und zur Haustür führt, wurde notdürftig freigeschnitten. Doch die gierigen Zweige und Unkräuter sind bereits wieder auf dem besten Weg, die schmale Schneise zu verschließen. Auf Höhe des Hauses bleibe ich auf der anderen Straßenseite stehen und sehe, wie sich der

64

grau gewordene Vorhang hinter einem der unteren Fenster bewegt und kurz darauf das Gesicht einer Frau auftaucht. Sie scheint im mittleren Alter zu sein und erste graue Strähnen zeigen sich in ihrem Haar. Ihr Gesicht wirkt, als sei es das einer älteren Frau, ihre strahlenden Augen jedoch lassen sie jünger wirken, als sie es offensichtlich ist. Diese Augen erinnern mich an jemand anderen. Mein Beschattungsobjekt ist bestimmt die Tochter dieser Frau. In diesem Moment dreht sie sich zu jemandem hinter sich um und gibt dabei den Blick auf den Küchentisch frei. Der kleine Junge und der Mann, die dort ebenfalls sitzen, nehme ich neben ihr beinahe nicht wahr. Da ist das Mädchen, das ich suche.

Ihre leicht verschlafenen Augen sind auf ihr Frühstück gerichtet und scheinbar beachtet sie die anderen Personen in der kleinen Küche nicht. Der Mann ist ungefähr im gleichen Alter wie die Frau am Fenster. Seine Haare sind jedoch schon vollständig ergraut. Auch sein faltiges Gesicht lässt ihn um Jahre älter erscheinen.

Vielleicht ist das ja ihr Vater, denke ich mir, obwohl ich von meinem Platz auf der gegenüberliegenden Straßenseite aus keine Ähnlichkeit zwischen den beiden feststellen kann. Der kleine Junge ist in der Zwischenzeit von seinem Stuhl aufgestanden und um den Tisch herumgelaufen. Auch seine braunen Augen blicken trüb und müde, das fahle Gesicht und die fettigen Haare lassen den Jungen kränklich erscheinen. Er hält sich seine Hand vor den Mund, so als müsse er husten und verlässt die Küche. Die Frau am Fenster lässt den Vorhang zufallen.

Der letzte Blick, den ich auf Amelia erhaschen kann, zeigt mir die Sorge, die sich in ihrer gesamten Körperhaltung widerspiegelt.

Ich beschließe, weiterzugehen und hinter der nächsten Straßenecke zu warten, bis sie das Haus verlässt. Meine Neugier auf ihr Leben ist größer denn je.

♦♦♦

Keine halbe Stunde später geht sie an mir vorbei und wechselt dann die Straßenseite, um in eine schmale Gasse abzubiegen. Ich stoße mich von der kleinen Mauer ab, an die ich mich gelehnt habe, und folge ihr langsam. Ihr Weg führt uns durch ein ausgedehntes Labyrinth aus kleinen Gassen. Mir scheint, als ob sie sich hier recht sicher fühlt. Beinahe unmerklich beschleunigt sie ihre Schritte. Mein erster Gedanke ist, dass ihr vielleicht kalt ist in der immer noch ungewöhnlich kühlen Morgenluft. Doch schon im nächsten Augenblick verwerfe ich diesen Gedanken. Ich verfolge sie durch vollkommen menschenleere Gassen, wie kann ich nur so blöd sein. Leicht genervt von meiner eben eingestandenen Dummheit, beschließe ich trotzdem, ihr weiter zu folgen. Als ich um die nächste Ecke biege, stutze ich.

Sie ist verschwunden. Aber weit kann sie noch nicht sein. Ohne anzuhalten, gehe ich weiter und muss schmunzeln. Mein Bauchgefühl lässt mich am Ende der kurzen Gasse nach links abbiegen in Richtung eines lauter werdenden Stimmengewirrs. Kurz darauf stoße ich auf eine etwas größere Querstraße. Hier ist wieder mehr los. Menschen laufen geschäftig umher, grüßen einander oder unterhalten sich im Gehen. Meine Augen suchen die Gehwege ab.

Wo ist sie nur hin?

Plötzlich erhasche ich auf der anderen Straßenseite einen Blick auf ihren braunen Haarschopf. Im Gewirr von Menschen und vereinzelten Fahrzeugen überquere ich – wie ich hoffe unauffällig – die Straße und folge ihr in eine verlassene Seitenstraße. So leicht lasse ich mich nicht abschütteln, ich bin schließlich kein Anfänger mehr.

Amelia

Ich habe mich also nicht getäuscht. Der junge Mann mit den kurzen braunen Haaren und den aufmerksamen Augen verfolgt mich. Wenn ich recht habe, schon seit ich das Haus verlassen habe. Nach kurzem Überlegen fällt mir eine List ein, wie ich herausfinden kann, ob er mir wirklich hinterherläuft. Ich beschleunige meine Schritte und biege um die nächste Ecke. Sobald er mich nicht mehr sehen kann, laufe ich los. So leise wie möglich renne ich zur nächsten Straßenecke und biege nach rechts in die bevölkerte Hauptstraße ein. Dort verstecke ich mich in der nächsten Seitenstraße.

Andrew

Als ich um die Ecke biege, ist sie erneut verschwunden, ebenso wie mein Schmunzeln. Ich bereue meine Arroganz. Was habe ich falsch gemacht? Ich überlege einen Moment und mir kommt ein unangenehmer Gedanke. Kurz bevor sie aus meinem Blickfeld verschwand, wurde sie schneller. Hat sie mich etwa doch bemerkt? Das kann nicht sein. Schnell laufe ich weiter. Auf der Hauptstraße angekommen, schaue ich mich suchend um. Sie kann mich unmöglich gesehen haben.

Oder etwa doch? Stirnrunzelnd wandert mein Blick über die Menschen, die die Straße entlang hasten. Der einsetzende Regen treibt sie zur Eile.

Wo ist sie nur so schnell hingelaufen? In diesem Moment sehe ich aus dem Augenwinkel eine Gestalt an der nächsten Straßenecke. Sie beobachtet mich. Das Kribbeln in meinem Nacken fühlt sich so an wie damals in der Bibliothek. Ich schlucke und drehe mich langsam in die Richtung, in der ich sie gerade noch gesehen habe. Ohne darüber nachzudenken, lenke ich meine Schritte zu der Straßenecke.

Amelia

Ich drücke mich mit dem Rücken fest gegen die Wand. Mein Herz klopft laut hörbar in meinen Ohren. Er hat mich gesehen. Und jetzt, da ich ihn richtig gesehen habe, weiß ich auch, wer er ist.

Warum habe ich ihn in der Bibliothek bloß angesehen, ja sogar beobachtet, obwohl ich gerade mal wieder ein Buch eingesteckt hatte? Meine Gedanken rasen.

Will er mich jetzt zur Rede stellen? Nur des Buches wegen? Dabei habe ich das Buch doch am Tag darauf zurückgebracht. Niemandem ist aufgefallen, dass es überhaupt gefehlt hat. Ich atme tief durch. Und plötzlich spüre ich den Drang, weiterzulaufen. Ein paar Schritte später nehme ich wieder seinen Blick in meinem Rücken wahr. Ich beschleunige meine Schritte und passe sie meiner schnellen Atmung an. Unerwartet kommt mir ein Gedanke. Ein Lächeln schleicht sich auf mein Gesicht, während ich nach rechts in einen kleinen Hinterhof abbiege. Die Sackgasse ist meine Chance, zu entkommen. Das hier ist mein Revier. Hier hast du keine Möglichkeit, mich zu kriegen, lache ich in mich hinein und klettere blitzschnell die Regenrinne an einem Haus hinauf. Auf halber Höhe springe ich auf das schmale Flachdach und laufe dort gebückt weiter. Am anderen Ende des Dachs hüpfe ich die zwei Meter nach unten auf eine schmale Mauer und lasse mich daran weiter hinunter zur Hauptstraße. Mit dem erfüllenden Gefühl eines Sieges mache ich mich wieder auf den Weg zur Arbeit.

Andrew

Als ich um die Straßenecke gebogen bin, sehe ich sie wieder. Sie steigert erneut die Geschwindigkeit ihrer Schritte. Ich verfolge sie weiter und frage mich gerade, ob ich mich vielleicht doch etwas zu auffällig verhalte. Plötzlich stehe ich in einem Hinterhof. Mein Blick schweift umher und lässt mich stutzen. Keine Spur von ihr. Das ist doch nicht möglich. Sie ist eindeutig hier reingelaufen, da bin ich mir sicher. Verwirrt schaue ich mich um. Aber es ist zwecklos, sie ist verschwunden.

Aber wie kann sie aus einer Sackgasse entkommen sein? Es gibt nur den einen Zugang. Kopfschüttelnd gebe ich auf. Ich bin wütend auf mich selbst.

Wie konnte das nur passieren? Langsam gehe ich zurück zur Hauptstraße.

Wo wird sie jetzt wohl hingehen?

Meine Miene hellt sich auf, als mir eine Idee kommt. Sie ist wahrscheinlich auf dem Weg zur Arbeit. Mit neuer Motivation mache ich mich auf zu ihrer Arbeitsstelle, um dort erneut auf sie zu warten.

„Und dann werde ich nicht mehr versagen. Sie wird mich nicht noch einmal bemerken", flüstere ich vor mich hin, während meine Füße mich wie von selbst zu meinem Ziel tragen.

NEUN

Amelia

Schmunzelnd, aber dennoch verwundert über ihren Verfolger, schlendert Amelia den Flur entlang auf dem Weg ins Schwesternzimmer, um ihre Schicht anzutreten. Eine Tür öffnet sich. Zimmer 09.

Amelia - ein paar Tage zuvor

Sie stand an eben dieser Stelle, dort, wo der weiße Krankenhausboden eine Mulde aufweist, als sich dieselbe Tür öffnete. Sie erwartete, dass Evelyn oder Sarah, eine der beiden Stationsschwestern, herausstürmten. Doch es kam niemand. Zunächst.

Dann plötzlich, als Amelia gerade einen Schritt ins Zimmer machen wollte, kam ihr ein breiter Männerrücken langsam entgegen. Seine Arme waren angewinkelt und sein Aftershave roch so stark, dass Amelia das Gefühl hatte, er habe seine gegelten Haare damit bestrichen. Sie fokussierte einen Faden, der von seinem schwarzen Hemd abstand und hoffte, obwohl sie es bereits besser wusste, dass nicht das passiert war, wonach es aussah. Sie machte dem

Mann Platz, der ab und an über seine rechte Schulter nach hinten blickte, um nicht zu stolpern. Gemeinsam mit einem zweiten Mann trug er eine Blechkiste, die an vier Metallstangen befestigt war, an Amelia vorbei aus dem Zimmer. Nachdem der größere der beiden Träger ihr teilnahmsvoll zugenickt hatte, folgte Amelias Blick der schlichten Kiste.

Sie erschauerte. Pascal war tatsächlich gestorben.

Bei diesem Gedanken schloss Amelia für einen Moment die Augen.

„Jetzt bist du an einem besseren Ort", murmelte sie in sich hinein, während die Männer langsam den Krankenhausflur hinunterliefen.

Der kleine Junge, der an Leukämie erkrankt war und sie auf die gleiche Art und Weise angelächelt hatte, wie ihr Bruder, war tot. Pascal hatte strahlende Augen und bezaubernde Grübchen gehabt und schien stolz auf die vielen Zahnlücken gewesen zu sein. Doch jedes Mal war Amelia aufs Neue verwundert, wie schnell sich ein frecher und forscher Gesichtsausdruck wandeln konnte, sein Gesicht wieder verblasste, sein Blick müde und schwermütig wurde. Hoffnungen schienen sich verflüchtigt zu haben, Zweifel und Ausweglosigkeit hatten sich breitgemacht, als hätte die Zuversicht nie existiert.

Seitdem der Junge vor einigen Wochen auf der Station eingeliefert worden war, hatte in Amelia ein Funken Optimismus gelodert, die Hoffnung, er könnte den Krebs besiegen. Aber nun war auch der letzte Hoffnungsschimmer erloschen.

Amelia schaute den beiden Männern mit dem Sarg so lange nach, bis sich die Glastür am Ende des Flurs hinter ihnen geschlossen hatte. Sarah, die ebenfalls auf dem Flur gestanden und der traurigen kleinen Prozession zugesehen hatte, ging mit ihrem üblichen Lächeln zurück ins Schwesternzimmer, um ihre Arbeit fortzusetzen. Nur die leicht wässrigen Augen zeugten davon, dass Pascal gerade seine letzte Reise angetreten hatte.

Amelia bemerkte Christian erst, als sie gerade dabei war die Zimmertür von außen zu schließen. Der junge Mann, der ein paar Jahre älter war als sie, hatte sich sein rechtes Bein gebrochen, konnte das Krankenhaus aber vermutlich schon bald wieder verlassen. Er stand am Fenster, durch das vereinzelt Sonnenstrahlen auf den Boden fielen. Mit gesenktem Blick und an Krücken kam er nun Schritt für Schritt auf Amelia zu.

„Er war ein tapferes kleines Kerlchen", sagte Christian in einem Tonfall, der beinahe so wirkte, als säße Pascal neben ihm und er müsste ihn wieder dazu bewegen, von seinem Kartoffelbrei zu essen.

Sein trauriger Blick suchte den Amelias. Mit Christian hatte Amelia sich von Anfang an gut verstanden und in seinen Augen entdeckte sie bei jedem ihrer Gespräche etwas Vertrautes, es war, als würde sie mit einem Bruder sprechen. Evelyn blieb dies nicht verborgen und sie versuchte bei jeder Gele-

genheit, Amelia dazu zu bringen, endlich zuzuge-
ben, dass sie auf Christian stand.

◆◆◆

Doch Evelyn liegt falsch. Amelia mag ihn, aber sie
kann sich nicht vorstellen, mit ihm eine Beziehung
zu führen. Christian ist für sie eher der Kumpeltyp,
sie hegt nur freundschaftliche Gefühle für ihn.
Manchmal bereut Amelia, dass sie – bis auf ein paar
Bekannte aus der Nachbarschaft und seit kurzem
Christian – keine tiefe, langjährige Verbindung zu
jemandem aufgebaut hat. Andererseits ist sie schon
immer gut alleine klargekommen. Und wenn ihr mal
etwas auf dem Herzen liegt, erzählt sie es Frau
Thomas, einer der Patientinnen auf Station 0. Die
alte Dame ist schon seit fast einem Jahr hier.

Und Amelia wundert sich jeden Tag, wieso sie
noch lebt. Die Greisin hat immer ein offenes Ohr für
Amelia und bis auf ihren Plan, den mysteriösen Verfolger und die Dinge, die sie aufgrund ihrer Schwei-
gepflicht nicht verraten darf, hat sie vor Frau
Thomas keine Geheimnisse. Manchmal ist sich Amelia nicht ganz sicher, ob die alte Dame alles versteht,
was sie ihr erzählt, doch dieser Gedanke verfliegt
jedes Mal, sobald Frau Thomas ihr einen tiefgründi-
gen Ratschlag gibt.

ein paar Tage zuvor

Das brennende Gefühl in ihrem Hals verhinderte, dass Amelia auch nur ein Wort herausbrachte und intensivierte sich noch, als sie eine schmale Tränenspur auf Christians Wange entdeckte. Ein kurzer Blick in seine grüngrauen Augen genügte, um ihr ebenfalls die mühsam zurückgehaltenen Tränen zu entlocken. Inzwischen hatte Christian eine der Krücken an die Wand gelehnt und war humpelnd auf sie zugekommen. Amelia schluchzte.

„Er war viel zu jung", brachte sie mühsam hervor und schluckte hörbar.

Noch nie hatte der Tod eines Patienten Amelia zum Weinen gebracht. Doch es war nicht nur die Tatsache, dass Pascal tot war, sondern auch die Angst davor, Caelan könnte das Gleiche passieren, was ihr so zu schaffen machte.

Christian, der sich noch immer nur auf eine Krücke stützte, nickte wortlos und legte seine freie Hand um den Hinterkopf von Amelia. Er drückte ihren Kopf sanft an seinen Oberkörper und streichelte ihr dunkles Haar. Amelia verharrte angeschmiegt an seinen weichen grauen Kapuzensweater, dessen Geruch sie beruhigte.

Es dauerte eine Weile, bis sie bemerkte, dass sie seinen Pullover nass geweint hatte. Sie lachte leise, schluckte und löste sich von ihm.

„Was ist ...?", fragte er lachend und ließ sie los.

„Dein Pulli ...".

Verwundert blickte Christian an sich herunter.

„Ich habe deinen Pullover nass gemacht", gab Amelia mit belegter Stimme zu und zog kaum merklich ihre Nase hoch.

„Nicht schlimm."

Er riskierte einen Blick auf die Stelle und grinste.

„Die Waschmaschine bekommt das wieder hin. Warte mal kurz, ich habe noch etwas für dich."

Er humpelte bis zum Türrahmen, wo er seinen zweiten Krückstock schnappte und sich ins Zimmer bewegte. Als er wieder aus der geöffneten Tür kam, hielt er Taschentücher mit Tiermotiven, die er von Pascal geschenkt bekommen hatte, in einer Hand.

◆◆◆

Doch heute sind es keine Taschentücher, sondern seine Entlassungspapiere, die zwischen seiner Hand und einer Krücke herausragen, als er wieder auf Amelia zu humpelt. „Ich darf nach Hause", lässt Christian verlauten.

Gerade als Amelia sich mit ihm freuen will, passiert das, womit sie in diesem Moment am wenigsten rechnet.

Der Alarm ertönt.

Der Alarm, auf den Amelia schon seit Wochen gewartet hat.

Das Signal, das ihren Plan einläutet.

Nun ist es also soweit, stellt sie fast ein wenig schockiert fest. Oft genug hat Amelia das Szenario im Geiste durchgespielt. Doch bisher war nie der richtige Zeitpunkt gekommen, um ihren Plan umzusetzen. Fast schien es ihr schon, als sei dieser von Anfang an zum Scheitern verurteilt gewesen. Der Alarm ertönt nur sehr selten. Allenfalls dann, wenn auf einer der Elite-Stationen ein Ausnahmezustand besteht. Wenn es schnell gehen muss. Wenn Menschen des inneren Sektors um ihr Leben ringen. Wichtigere Menschen als die von Station 0. Das Signal fordert alle Angestellten auf, sich sofort auf den Weg zu machen.

Doch Amelia hat andere Pläne. Für Caelan.

Ihm geht es seit ein paar Monaten sehr schlecht. Er darf keinesfalls das gleiche Schicksal erfahren wie Pascal, denkt Amelia entschlossen. Sie hat sich erst vor kurzem endgültig dafür entschieden, ihm zu helfen. Ihrem kleinen Bruder, einem der wichtigsten Menschen in ihrem Leben. Es war an einem Sonntag, als Amelia den Entschluss fasste. An seinem siebten Geburtstag.

Zwei Wochen zuvor

Caelan saß auf Amelias Schoß, wofür er in Rafes Augen eigentlich schon zu alt war, und wollte die einzelne Kerze auf seinem Kuchen auspusten. Amelia hatte den Kuchen zusammen mit ihrer Mutter gebacken. Auf die sechs weiteren Kerzen hatten sie verzichtet, damit Caelan sich nicht übermäßig anstrengen musste. Doch noch bevor er zum Auspusten kam, bekam er einen Hustenanfall. Dieses Mal war er trotz Notfallspray so stark, dass sich Caelan danach für zwei Stunden hinlegen musste. Amelia legte sich zu ihrem Bruder ins Bett und hielt in eng umschlungen, während Rafe und ihre Mutter in der Küche über das Gesundheitssystem diskutierten.

„Die Oberen meinen, sie wären etwas Besseres.

Nur, weil sie so viel Kohle scheffeln, dass sie sogar ihren Hintern damit abwischen könnten. Und wir können uns die Medikamente, die wir bräuchten, nicht leisten. Und wieso nicht ...?" Stille.

„Weil sie es nicht wollen."

Nachdem Rafe diesen Satz beendet hatte, schlug er so kräftig auf den Tisch, sodass sogar Caelan, der inzwischen im über der Küche im ersten Stock liegenden Zimmer eingeschlafen war, wach wurde.

„Schlaf weiter, alles wird gut", flüsterte Amelia ihm so leise ins Ohr, dass sie selbst nicht sicher war, ob er es überhaupt gehört hatte. Aber Amelia wurde in diesem Moment etwas klar. Sie war die einzige, die Caelan retten und ihm zumindest die Chance geben könnte, weiterzuleben.

Amelia starrt auf die Anzeigetafel, die über der gläsernen Stationstür hängt. Die große pulsierende Zwei zeigt die Station an, auf welcher der Alarm ausgelöst wurde. Christians Stimme reißt sie aus ihren Gedanken.

„Ich glaube, du musst los", mahnt er mit lauter Stimme und verzieht dabei sein Gesicht aufgrund des sirenenartigen Lärms.

Amelia nickt hektisch.

„Ja, ich muss los", entgegnet sie und flitzt in Richtung des Schwesternzimmers.

Im Laufen dreht sie sich noch einmal zu Christian um und winkt ihm zu. Er wiederum deutet verwundert zur Glastür. Amelia will schon den Kopf schütteln, nickt dann aber doch und zeigt auf die Tür am Ende des Ganges, um zu signalisieren, dass sie etwas Wichtiges vergessen habe. Kurz bevor sie um die Ecke verschwindet, sieht sie Evelyn und Deanne an Christian vorbeistürmen. Zielstrebig läuft Amelia auf die Tür des Schwesternzimmers zu.

Jetzt darf nichts mehr schiefgehen, denkt sie.

Langsam drückt sie die Türklinke hinunter. Es ist niemand da.

Sie betritt den Raum und schließt die Tür hinter sich. So leise, als müsse sie aus Caelans Zimmer schleichen, wenn er nach der dritten oder vierten Gute-Nacht-Geschichte endlich eingeschlafen war.

Jetzt, da sie beginnt, ihren Plan umzusetzen, fühlt es sich anders an, als Amelia es erwartet hatte.

Nicht so schlimm, wie befürchtet, aber ihr Adrenalinspiegel ist dennoch deutlich höher als normal. Schließlich kann sie die Medikamente nicht so einfach wieder zurückbringen wie die medizinische Fachliteratur, die sie öfters aus der Bibliothek *leiht*.

Ihre Hände ertasten den Schlüssel in der Ecke der zweiten Schublade des kleinen Rollcontainers. Deanne hat ihn als Ersatzschlüssel dort deponiert, für den Fall, dass sie ihren vergessen hat. Seit ungefähr zwei Jahren ist die quirlige Rothaarige die leitende Oberschwester der Station.

Amelia mag sie. Sie ist schlagfertig, bescheiden, freundlich und ab und an chaotisch.

Beim Gedanken daran, Deanne zu hintergehen, breitet sich ein unbehagliches Gefühl in Amelias Magengegend aus. Deanne ist immer nett zu ihr, begegnet ihr auf Augenhöhe und bringt ihr Wertschätzung entgegen.

Doch die Zweifel verfliegen, als Amelia sich daran erinnert, dass es keine andere Möglichkeit gibt, um Caelan zu retten.

Den Schlüssel fest in der Faust, fast, als wolle sie ihn zerdrücken, verlässt Amelia zügig das Zimmer. Vorsichtig späht sie um die Ecke. Der Gang ist leer, die Stille beruhigt sie für einen Moment.

Mit schnellen Schritten geht Amelia auf Deannes Büro zu und schließt mit dem Schlüssel in ihrer Faust die Tür auf. Sie betritt das Büro und lässt die Tür hinter sich ins Schloss fallen. Sie spürt, dass ihr Adrenalinwert nun deutlich über dem Referenzbereich liegt und die Menge, die durch ihre Adern fließt, inzwischen wahrscheinlich ein ganzes Schwimmbecken füllen könnte.

Wiederholt geht Amelia im Geiste ihren Fluchtweg durch, während sie vor dem Medikamentenschrank steht. Mit zitternder Hand bewegt sie den runden Knauf im Uhrzeigersinn, bis sie kurz innehält.

Sie bildet sich ein, ein Geräusch gehört zu haben.

Doch das ist eigentlich unmöglich, denn alle müssten auf Station 2 sein, versucht sie sich zu beruhigen, ehe sie den Griff das letzte Stückchen dreht. Vielleicht sind es ihre Angst, erwischt zu werden und ihr schlechtes Gewissen gegenüber der Oberschwester, die ihr einen Streich spielen. Amelias Augen werden größer, als sie die alphabetisch geordneten Medikamente sieht und wie automatisch wandern ihre Hände zum Buchstaben M. Die auffällige gelbe Schachtel ist es, das weiß sie. M wie Mukovab. Ein Mittel gegen Mukoviszidose.

Zur Anwendung bei Kindern steht auf der Packung. Gerade als Amelia danach greifen will, erstarrt sie vor Schreck.

Genau der Fall, vor dem sie sich immer gefürchtet hatte, ist eingetreten.

Das, was nicht hätte passieren dürfen.

Die Tür hat sich geöffnet und Deanne steht im Türrahmen.

Als sie Amelia vor dem Medikamentenschrank stehen sieht, nimmt ihr Gesicht die Farbe ihrer Haare an, ihre Augen sind weit aufgerissen.

„Was zur Hölle machst du hier?", schreit sie.

Unter ihrem durchdringenden Blick möchte Amelia augenblicklich im Boden versinken.

„Ich ... ähm ... Ich wollte ...", stottert sie.

Ihr fällt es schwer, Deannes Blick standzuhalten.

„Was hast du dir nur dabei gedacht?"

Bevor Amelia antworten kann, setzt ihr Gegenüber nach.

„Habe ich mich derart in dir getäuscht, oder was hat dich dazu gebracht, uns und vor allem mich so zu hintergehen?"

Amelia blickt verlegen zu Boden und weiß nicht, was sie sagen soll.

Selbst wenn sie ihre Beweggründe erklären würde, wäre sie ihren Job los. Verständlicherweise.

Schließlich hat sie versucht, ein Medikament zu stehlen. Soll sie sich eine Ausrede einfallen lassen? Oder doch lieber die Wahrheit sagen?

„Ich habe dich jedes Mal – und die Betonung liegt auf jedes Mal – in Schutz genommen, wenn dir jemand etwas unterstellt oder auch nur eine Bemerkung über dich gemacht hat", fügt Deanne wütend hinzu und läuft zum Fenster.

Sie dreht Amelia den Rücken zu.

„Womit habe ich das nur verdient?", flüstert sie gerade so laut, dass Amelia es hören kann.

Sie dreht ihren Kopf vorsichtig zu Deanne, die mit verschränkten Armen, den Blick nach draußen gerichtet, vor dem Fenster steht.

„Ich weiß, es ist schwer zu verstehen, ...".

Sie legt eine Pause ein.

„Es tut mir so leid. Aber ich habe es für Caelan getan. Er ist schwer krank und wir können uns seine Medikamente nicht leisten. Die Regierung übernimmt die Kosten nicht. Du weißt, meine Familie und ich wohnen in Zone 3. Das Essen ist knapp, unser Haus marode, wir haben wenig Geld und ... Ich kann verstehen, wenn ich gekündigt werde, schließlich habe ich dein Vertrauen missbraucht und mir unerlaubt Zutritt zu deinem Büro verschafft", sprudelt es aus Amelia heraus.

„Amelia, eines ist klar ...", Deanne dreht sich zu ihr um. Ihr Gesicht ist noch immer rot, mittlerweile allerdings etwas heller als ihre Haare. Doch Amelia hält ihrem Blick nicht stand und fixiert stattdessen beschämt einen Punkt auf dem Boden.

„Ich bin sehr enttäuscht von dir und das, was du getan hast, ist nicht richtig."

Amelia nickt betreten. Sie fühlt sich schuldig. Schuldig, Deanne getäuscht zu haben. Schuldig, ihren Bruder enttäuscht zu haben.

Wieso um Himmels Willen ist Deanne auch hier und nicht auf Station zwei wie die anderen? Was macht sie hier? Doch die Antworten auf diese Fragen, die sich Amelia im Geiste stellt, spielen nun auch keine Rolle mehr.

Sie hat sie erwischt. Punkt. Aus. Ende.

Es ist zu spät.

Deanne nimmt einen hörbar tiefen Atemzug. Innerlich bereitet sich Amelia darauf vor, dass ihre Vorgesetzte ihr ohne Umschweife kündigt. Sie schaut zögernd zu ihr auf. Deanne seufzt.

„Es war nicht richtig, was du getan hast."

Sie atmet ein.

„Aber ansatzweise ... ansatzweise kann ich nachvollziehen, wieso du das Medikament stehlen wolltest."

Sie hält kurz inne.

„Ich komme selbst von dort."

ZEHN

D ie Tür rastet ein, Amelia hat sie etwas fester zugestoßen als sonst.

Nachdem sie einen tiefen Zug der frischen Luft inhaliert hat, atmet sie aus. Sie liebt es, draußen zu sein, wenn es nach Regen riecht.

Caelan und sie waren nach einem starken Gewitterregen früher oft draußen. Ihr kleiner Bruder trug dann immer seine roten Gummistiefel und hüpfte – am liebsten, wenn Amelia direkt danebenstand – von Pfütze zu Pfütze. Doch seit seiner Erkrankung ist das Herumalbern an der frischen Luft nur noch eingeschränkt möglich. Im Prinzip nur dann, wenn sich Caelan gut genug dafür fühlt.

Die Regenluft könne einen Hustenanfall auslösen, hatte der Arzt vor eineinhalb Jahren gesagt. Diese Untersuchung konnten sie sich damals nur leisten, indem sie alle ihre Ersparnisse geopfert hatten und Amelia zu diesem Zeitpunkt bereits ihre Arbeit im Krankenhaus aufgenommen hatte.

„Jetzt wird es dir bald besser gehen. Du brauchst nur noch etwas Geduld", flüstert sie und erreicht hüpfend die letzte der Stufen mit beiden Füßen gleichzeitig.

Ihre Schritte führen Amelia entlang des schmalen Pflastersteinweges, vorbei an den Müllcontainern, bis auf den Bürgersteig.

Als sie auf der anderen Straßenseite ankommt, beschleunigt sie das Tempo. Sie denkt an das Gespräch mit Deanne, welches einen anderen, einen unerwarteten Ausgang, gefunden hat.

Sie ist ihr dankbar, dass sie ihren Job behalten darf, vorausgesetzt sie unterlässt jeden weiteren Versuch, ein Medikament zu entwenden. Doch das wird nicht mehr notwendig sein. Deanne hat ihr angeboten, dass sie einige unbezahlte Extraschichten übernehmen könne. Zu ihrem Erstaunen will Deanne ihr außerdem die anfallenden Kosten für die notwendigen Medikamente vorstrecken. Ihre einzige Bedingung ist es, dass Caelan in der Praxis eines Kollegen ihres Mannes untersucht wird.

Die Dankbarkeit, die Amelia der Oberschwester gegenüber empfindet, lässt sie ein wenig beschwingter und mit einem Lächeln auf den Lippen gehen. Gar nicht auszudenken, was passiert wäre, wenn sie sie vor die Tür gesetzt und angezeigt hätte.

Das wäre das Todesurteil für Caelan gewesen.

Mit einem Kopfschütteln verdrängt Amelia diesen finsteren Gedanken und patscht, vielleicht ein wenig zu fest und ein wenig zu kindisch, mit dem Fuß in die nächste Pfütze auf ihrem Weg. Das darin gesammelte Regenwasser spritzt auf und durchnässt ihre Hose bis zum Knie.

Plötzlich hört sie ein leises Knacken hinter sich. Mit der Überzeugung, es sei ein Tier im Gebüsch, blickt sie kurz über ihre Schulter zurück. Nichts.

Von der anderen Seite des Weges kann Amelia nicht viel zwischen den dichten Sträuchern erkennen. Sie beschließt, das Geräusch zu ignorieren und weiterzugehen.

Doch plötzlich schießt Amelia ein Gedanke durch den Kopf, den sie schon fast verdrängt hatte. Der Unbekannte. Der mysteriöse Mann.

Ihr Verfolger.

Kann es tatsächlich sein, dass er ihr wiederholt auf den Fersen ist? Und das alleine wegen des Buches?

„Nein. Das war bestimmt nur ein Eichhörnchen oder eine Maus", überdenkt Amelia halblaut ihre vorherigen Überlegungen.

Dann spinnt sie im Geiste den Gedanken weiter.

Für ihn ist die Sache sicherlich längst erledigt. Bestimmt hat er auch andere Dinge zu tun, als einer fremden jungen Frau nachzulaufen wegen einer Nichtigkeit, die er auch einfach melden kann.

Mit jedem Meter, den sie ihrem Zuhause näherkommt, verstärkt sich nichtsdestotrotz das Gefühl, beschattet zu werden.

Jetzt leide ich schon unter Verfolgungswahn.

Amelia schüttelt irritiert den Kopf, während sie im Gehen die vereinzelten Kieselsteine auf dem unsauber geteerten Weg beiseite kickt.

Erst als sie ihren Blick wieder nach vorne richtet, fällt ihr auf, wie dunkel es bereits geworden ist. Die Straßenlaternen im Industriegebiet am Rande der Stadt beleuchten bereits die Gasse, nun hat sie es nicht mehr weit bis nach Hause.

Festentschlossen, ihr ungutes Gefühl ignorierend, setzt sie einen Fuß vor den anderen, bis sie es nicht mehr aushält. Schlagartig dreht sie sich um und erstarrt.

Amelia blickt direkt in die Augen ihres Gegenübers, eines jungen Mannes, der etwa fünf Armlängen von ihr entfernt ebenfalls wie angewurzelt stehengeblieben ist.

Seine Arme hängen schlaff herab und obwohl er direkt in Amelias dunkelbraune Augen sieht, scheint sein Blick ins Leere zu gehen.

Tatsächlich. Der Mann aus der Bibliothek.

Wieso ist er hier? Was will er?

„Was soll das?" Amelia mustert ihn mit grimmiger Miene und versucht, entschlossen zu klingen. Er schluckt.

Dann kickt er mit seinem Fuß einen Stein zur Seite. Er sieht sie für einen Moment an wie Caelan, wenn er früher unerlaubterweise Rafes Unterlagen bekritzelt hatte, bis sein Blick plötzlich streng wird.

Amelia lässt sich ihre Unsicherheit nicht anmerken. „Wieso verfolgst du mich?"

Sie verschränkt ihre Arme vor ihrem Körper und durchbohrt den jungen Mann mit Blicken. Ihn scheint ihre vorgetäuschte Selbstsicherheit zu beeindrucken, auch wenn er sich alle Mühe gibt, diesen Umstand zu verbergen.

„Ich ...".

Er fährt sich mit der rechten Hand fahrig durch sein braunes kurzes Haar. In dem Moment glaubt Amelia, ein leichtes Lächeln auf seinen schmalen Lippen wahrzunehmen. Für den Bruchteil einer Sekunde fixiert sie seine Lippen, die ihr jedoch eine Antwort schuldig bleiben.

Will er mich mit dem Herauszögern seiner Antwort provozieren?

„Ich habe dich etwas gefragt", wiederholt sie hartnäckig, während Andrew nun Amelia ausgiebig mustert.

„Ich verfolge dich nicht", bringt er schließlich hervor.

„Aha. Das sehe ich aber anders."

Amelia schaut ihn ungläubig an.

„Na gut, es ist wegen der Sache in der Bibliothek."

Andrew zieht verlegen am linken Ärmel seines dunkelblauen Pullovers und wirft einen Blick über die Schulter hinter sich.

„Deswegen verfolgst du mich?"

Seine Augen finden erneut ihren Blick.

„Nun ja, du weißt doch sicherlich, dass das verboten ist. Sowohl das Entwenden eines Buches, als auch der Zutritt zur Bibliothek für jemanden wie dich. Du siehst ja nun nicht gerade wie eine Studentin aus."

Sein leicht spöttisches Grinsen lässt Amelia antworten, noch bevor sie weiß, was sie überhaupt sagen möchte.

„Erstens habe ich gar nichts entwendet, ich habe die Bücher höchstens ausgeliehen. Und zweitens bin ich durch den Vordereingang reingegangen. Was kann ich dafür, wenn die griesgrämige Bibliothekarin nicht weiß, wer Zugang zur Büchersammlung hat und wer nicht."

Seine linke Augenbraue wandert nach oben. So weit, dass sich Amelia fragt, wie das überhaupt möglich ist.

„Aha, also hast du das schon mehrfach gemacht."

Amelia erstarrt für den Bruchteil einer Sekunde.

*Wie kann man nur so blöd sein. Natürlich hat er mich das eine Mal gesehen, aber von den Malen zuvor kann er nichts gewusst habe*n, schießt es ihr durch den Kopf.

Seine hochnäsige Art provoziert sie derart, dass sie sich innerlich dafür schämt.

Ihr Blick wandert unauffällig über seinen Körper. Eigentlich sieht er ja gar nicht so schlecht aus.

Manchmal hasst Amelia ihr Unterbewusstsein, das oftmals ein wenig zu eigenständig unterwegs ist. Doch wie so oft muss sie ihren Gedanken recht geben.

Ihre Augen bleiben an seinem linken Handgelenk hängen. Er trägt einen silbernen Armreif. Ihm scheint diese Entdeckung ihrerseits unangenehm zu sein, denn er zieht rasch den Ärmel seines Pullis darüber und tippelt etwas unbehaglich von einem auf den anderen Fuß. Irgendwo hatte sie Schmuck-stück schon einmal gesehen. Amelia kommt ein schrecklicher Verdacht. Der filigrane Hirsch.

Schnell schaut sie Andrew in die Augen, der leicht verunsichert dreinblickt.

Angriff ist die beste Verteidigung, raunt ihr ihr Unterbewusstsein zu. Sie beginnt zu sprechen und ihre Stimme klingt um einiges selbstsicherer, als sie sich wirklich fühlt, was ihr in diesem Fall zugutekommt.

„Du bist von der Regierung. Jagt ihr jetzt also auch schon Leute, die sich den kleinsten Fehltritt erlauben? Und? Hat es dir etwa die Sprache verschlagen?"

Er hält ihrem Blick nicht stand und fokussiert stattdessen einen Punkt irgendwo hinter ihr. Langsam breitet sich diesmal auf Amelias Gesicht ein spöttisches Grinsen aus.

„Du hast den Vorfall gar nicht gemeldet, nicht wahr? Weißt du was? Ich mach' dir einen Vorschlag. Du lässt mich ein für alle Mal in Ruhe und ich verbreite keine Gerüchte über einen Regierungsmitarbeiter, der sein zusätzliches Privileg des Studiums so leichtfertig aufs Spiel setzt. Sehe ich dich noch einmal in meiner Nähe, erfährt die ganze Welt, dass du die strengen Vorschriften missachtest. Was passiert dann wohl mit dir?"

Seine Unsicherheit scheint sich verstärkt zu haben, dennoch versucht er, ihr Kontra zu geben und Angst zu machen.

„Was... Was, wenn ich dich zuerst melde?"

„Dann werden sie automatisch auch dir auf die Schliche kommen. Du kommst da nicht mehr raus. Deine Bedenkzeit, um Meldung zu erstatten, ist längst abgelaufen."

Er schluckt hörbar, was für Amelia ein Zeichen ihres Sieges ist.

Sie dreht sich um und hofft, dass ihr Gegenüber ihre eigene Unsicherheit und ihren ohrenbetäubenden Herzschlag nicht hört. Sonst hätte ihm klar werden müssen, dass sie viel mehr Angst hat, als er.

So selbstsicher wie möglich, setzt sie ihren Heimweg fort, jederzeit damit rechnend, von ihm aufgehalten zu werden. Doch sie hört keinen Ton mehr von ihrem einstigen Verfolger. Ein schneller Blick über ihre Schulter zeigt ihr, dass der junge Mann sich umgedreht hat und seinen Weg nun ebenfalls – jedoch mit sichtbar hängenden Schultern – in die andere Richtung fortsetzt.

Mit einem Gefühl des Triumphs geht sie breit lächelnd im Dunkel der Nacht nach Hause, ohne den wahren Grund der Verfolgung zu erahnen.

TEIL II

ELF

Aidens Schritte lenken ihn wie selbstverständlich den schmalen Weg am Fluss entlang zu der alten Weide, deren Zweige bis hinunter zur Wasseroberfläche reichen. Nachdem ihn die Nachricht erreicht hatte, dass Andrew mit ihm sprechen wolle, war er einem Gefühl folgend sofort Richtung Fluss gegangen. Das Rauschen des Gewässers und die Abgeschiedenheit helfen beim Nachdenken und so ist das hier ein guter Ort für jeden, der ab und zu gerne die Stille sucht.

Beim Gedanken daran, wie viel Unsinn die beiden dort am Fluss schon geplant, wie oft sie dort über Mädchen geredet, miteinander die kleinen und großen Katastrophen ihrer Leben besprochen oder einfach nur zusammen gelacht haben, schleicht sich ein Lächeln in Aidens Gesicht. Manchmal fragt er sich immer noch im Stillen, wie er einen Freund wie Andrew verdient hat. Einen Freund, der es schafft, jede noch so große Katastrophe klein und überwindbar wirken zu lassen. Vor dem man alles aussprechen kann, was einem durch den Kopf geht, selbst wenn es hin und wieder auch mal etwas regierungskritisch ist. Der Inhalt keiner ihrer Gespräche ist je an die Öffentlichkeit gelangt, darauf können sich beide immer verlassen.

„Vielleicht ist das auch der Grund, warum wir uns so gut verstehen", überlegt Aiden laut.

„Wir haben beide schon so viel Mist gebaut, der uns in ernsthafte Schwierigkeiten hätte bringen können – und doch stehen wir immer hintereinander."

Genau wie er es erwartet hat, erblickt er schon von Weitem die Umrisse des anderen durch die Zweige hindurch und auch, wenn es schon eine gefühlte Ewigkeit her ist, dass sie Kinder waren und sich gegenseitig Streiche spielten, erinnert sich Aiden lebhaft daran, wie sie sich immer erschreckt hatten.

Er schleicht sich von hinten an Andrew heran, schlüpft durch die Zweige und lässt sich mit einem Seufzen neben seinem besten Freund auf den Boden fallen.

„Wusste ich doch, dass ich dich hier finde."

Andrew scheint völlig in Gedanken versunken gewesen zu sein, denn er schaut auf, als bemerke er den Freund erst jetzt. Er reibt sich das Gesicht und erwidert:

„Warum kann nicht alles so einfach sein wie damals in unserer Kindheit?"

Aiden runzelt die Stirn.

„Ja, die Zeit im Ausbildungslager war echt der Wahnsinn. Aber wieso so schwermütig heute? Das ist doch sonst nicht deine Art. Hast du etwa wieder ein Subjekt entwischen lassen?"

Natürlich hatte Andrew ihm damals direkt davon erzählt und Aiden hat seinen Spaß daran, ihn ab und zu damit aufzuziehen. Schließlich hat Andrew ebenfalls einiges in petto, um ihn zu necken. Doch heute kommt keine Reaktion seitens des Freundes.

Andrew starrt stattdessen wieder auf das schnell fließende Wasser und Aiden wird klar, dass er ins Schwarze getroffen hat. Das Grinsen verschwindet aus seinem Gesicht.

„Na komm schon, erzähl."

Mit einem Seufzen reibt Andrew sich die zusammengekniffenen Augen.

„Eigentlich war es gar nicht so schlimm, ich verstehe mich im Moment selbst nicht. Du weißt, wie ich zur Säuberung stehe. Es ist nur … naja, eines der Subjekte, ein Mädchen, sie ist etwas jünger als wir. Ich habe sie schon einmal in der Bibliothek gesehen, als sie ein Buch mitgenommen hat."

Er stockt und scheint nicht zu wissen, wie er weitermachen soll. Andrews Blick wandert zurück zum Fluss. In Aidens Augen blitzt Verstehen auf.

„Du hast sie nicht verraten."

Andrew schüttelt langsam den Kopf, ohne Aiden anzusehen.

„Aber dann verstehe ich das Problem nicht."

Ihre Blicke treffen sich.

„Sie hat mich auch gesehen und da sie bis jetzt noch nicht bestraft wurde, wird sie sich denken können, dass ich sie nicht verraten habe. Und du weißt, was das bedeutet."

97

„Klar weiß ich das. Das war doch eines der ersten Dinge, die wir damals gelernt haben. Unsere Gesellschaft ist auf die Einhaltung der Regeln angewiesen. Ohne diese Sicherheit wird unsere Gesellschaft erneut zerstört werden. Es ist unsere oberste Pflicht jeden Regelverstoß sofort zu melden", wiederholt Aiden fast gebetsmühlenartig das, was ihnen im Ausbildungslager eingetrichtert wurde.

Dann schüttelt er den Kopf im Versuch, zu verstehen.

„Aber ihr würde doch niemand glauben, wenn sie das erzählte. Und außerdem, wenn sie eines der Subjekte ist, dann ... hat sich das ohnehin bald erledigt."

Andrew schaut etwas betreten zu Boden, während er Aiden von seinem Fehlschlag erzählt.

„Ich habe sie heute verfolgt und sie hat mich bemerkt. Zweimal."

Ein spöttisches Lächeln taucht auf Aidens Gesicht auf.

„Der Meister der Verfolgung wurde also entdeckt. Was das wohl zu bedeuten hat? Wirst du etwa zu alt für den Job?"

Natürlich spielt er damit auf den Vorfall bei der letzten Säuberungsaktion an, und obwohl diese kleinen Sticheleien Andrew sonst zum Grinsen bringen, reagiert er heute nicht darauf. Stattdessen blickt er Aiden ratlos an.

„Jetzt mal im Ernst, du solltest sie vielleicht besser abgeben. Wenn sie dich nochmal bemerkt, wird sie wissen, dass da was faul ist. Und auch, wenn ihr die Geschichte keiner glauben würde, solltest du es vor allem im Hinblick auf deinen Vater nicht darauf anlegen."

Andrew seufzt.

„Du hast recht. Das ist der einzige Weg. Jetzt muss ich nur noch eine Möglichkeit finden, die Akte weiterzugeben, ohne vor den anderen eingestehen zu müssen, dass ich versagt habe."

Sichtlich erleichtert, kommt er ins Plaudern:

„Übrigens, bei uns in der Abteilung gibt es einen Neuen. Er ist so wahnsinnig unsicher, dass er von Mike und den anderen runtergemacht wird. Irgendwie tut er mir leid, aber andererseits wüsste ich auch gerne, wie er es durch den Eignungstest und das Ausbildungslager geschafft hat. Meines Wissens hat er keinerlei Verbindung zu hohen Regierungsmitgliedern, also hat ihm zumindest sein Name auch nicht weitergeholfen."

Das Grinsen auf Aidens Gesicht könnte nicht breiter sein, als er antwortet.

„Ganz im Gegensatz zu so manch anderen, die nur dank ihres Namens das Ausbildungslager geschafft und natürlich gleich einen Chefposten bekommen haben."

Beide lachen laut los und für einen kurzen Moment ist es, als wäre kaum Zeit vergangen, seit sie sich im Ausbildungslager kennengelernt und so viel

Unsinn angestellt hatten. Nach Luft schnappend kontert Andrew.

„Hey, mein Name hat dir damals mehrfach den Hintern gerettet."

Die Antwort darauf lässt nicht lange auf sich warten.

„Das mag sein, aber erst, nachdem du meinen Hintern in Schwierigkeiten gebracht hast."

Nach einem kurzen, angenehmen Schweigen seufzt Aiden auf.

„Wo wir gerade davon reden: Bei uns an der Mauer gibt es auch einen Neuen aus dem Lager. Er ist frech, unbelehrbar und wahnsinnig nervig. Und weißt du, was das Schlimmste ist? Er ist genauso wie wir damals."

Plötzlich verschwindet das Grinsen aus seinem Gesicht.

„Bis auf einen Punkt. Er würde dem Präsidenten und seinen Anordnungen bis in den Tod folgen, ohne darüber nachzudenken."

Andrews nachdenklicher Blick wandert wieder zum Fluss, der auf einmal sehr viel lauter zu sein scheint.

„Glaubst du, wir hätten ein ruhigeres Leben, wenn wir einfach so wie er wären? Schachfiguren in einem Spiel, das wir im Grunde nicht verstehen – und es im Grunde auch nicht verstehen sollen? Willenlose Befehlsempfänger, unfähig eigenständig zu denken? Gehen wir wirklich den richtigen Weg, wenn wir gedanklich alles in Frage stellen?"

Er sieht Aiden mit unsicherem Blick an.

„Unsere Zweifel und Gedanken bringen, wenn wir es mal zu Ende denken, nicht nur uns, sondern auch unsere Familien und Freunde in Gefahr ... Aber andererseits: Wie lange können wir noch so tun, als wäre alles normal und richtig, wenn jetzt wieder dieses Töten Unschuldiger beginnt. Und es auch in Zukunft immer und immer wieder beginnen wird."

Aidens Blick ist wachsam, er verzieht nachdenklich seinen Mund.

„Ich weiß, dass wir nie willenlose Schachfiguren waren und dass wir es auch niemals sein werden. Wir waren doch schon damals die Einzigen in unserem Jahrgang, die selbstständig denken konnten und auch ich stehe nicht hundertprozentig hinter dem Präsidenten und seinen Entscheidungen. Aber du scheinst gerade noch ein Stück weiterzugehen. Was ist los mit dir? Bringt dich dieses Mädchen so aus der Spur?"

Andrew sieht sein Gegenüber verständnislos an.

„So habe ich schon immer gedacht und das weißt du auch. Damit hat Amelia gar nichts zu tun."

Seine Stimme ist unbewusst lauter geworden. Noch bevor Aiden etwas erwidern kann, fliegt ein Vogel laut zwitschernd am anderen Ufer auf. Die beiden werden aus ihren Gedanken gerissen und Aiden schaut resigniert zu Boden.

„Amelia heißt sie also."

Andrew öffnet den Mund, um etwas darauf zu antworten, um sich zu verteidigen, doch Aiden schüttelt den Kopf und hebt seine Hand ein kleines Stück.

„Du hast deine Gedanken noch nie so unbedacht und so detailliert ausgesprochen. Sie bringt dich dazu, deine Zweifel weiterzudenken, in eine Richtung, die gefährlich werden kann. Ich weiß nicht, ob es eine gute Idee ist, wenn du dich weiter mit ihr beschäftigst."

Andrew starrt schweigend auf den Fluss, als wären die kleinen Schaumkrönchen auf den Spitzen der Wellen das Interessanteste auf der Welt. Betreten zur Seite blickend, steht Aiden auf.

„Ich muss los. Ich bin zur Abendschicht an der Mauer eingeteilt."

Nach einer kurzen Pause, in der er vergeblich auf eine Antwort seines Freundes wartet, setzt er hinzu:

„Ich gebe dir einen Rat, auch wenn du ihn vielleicht nicht hören willst: Gib ihre Akte ab und vergiss sie. Es ist besser so."

Er steht etwas unschlüssig herum, immer noch auf eine Reaktion seines Freundes wartend, die jedoch nicht kommt. Seufzend wendet Aiden sich ab und bahnt sich einen Weg unter den tiefhängenden Zweigen der Weide hindurch. Ohne einen Blick zurück und mit einem unguten Gefühl, weil sie sich das erste Mal seit langer Zeit gestritten haben, macht er sich auf den Weg zur Arbeit, zurück in die Stadt.

Dorthin, wo sie ihre Gedanken niemals werden laut aussprechen können.

Andrew schaut seinem Freund durch die schwankenden Zweige hindurch nach und verzieht nachdenklich den Mund. Er kann sich immer darauf verlassen, dass Aiden ihm seine ehrliche Meinung sagt.

Auch, wenn ihm das in manchen Fällen, wie auch heute, nicht besonders gefällt.

Er lehnt seinen Kopf gegen den Stamm der Weide und lässt seinen Gedanken freien Lauf. Aiden hat recht.

Warum verstärkt sie meine Zweifel gegenüber der Regierung so sehr, dass ich sogar mit dem Gedanken spiele, Regeln zu verletzen? Und warum macht es mich sauer, dass Aiden das erkennt und mich davon abhalten will? Er ist in letzter Zeit sehr vorsichtig geworden, weil er mitbekommen hat, wie Mitarbeiter an der Mauer für kleinste Regelübertretungen bestraft werden. Wie kann ich ihm verübeln, dass er versucht auch sich selbst zu schützen? Die Tabletten gegen Radioaktivität, die die Wachposten an der Mauer täglich einnehmen, sichern ihr Überleben. Warum also sollte Aiden das Risiko eingehen, dass ihm diese Medikation zur Strafe genommen wird?

Andrews Gedanken wirbeln wild durch seinen Kopf. Das Einzige, was immer klarer wird, ist die Tatsache, dass Amelia ihm zu sehr unter die Haut geht und er ihren Fall abgeben muss.

Er muss das Problem loswerden.

In ein paar Wochen wird sich die Sache dann erledigt haben und sie alle wären wieder sicher. Alle außer sie.

Amelia.

Andrew schließt seine Augen und schüttelt unwillig seinen Kopf.

Warum kann nicht alles so einfach sein, wie es damals im Ausbildungslager war?

Keine Verantwortung. Keine Entscheidungen, die das gesamte Leben auf den Kopf stellen können. Keine Erwartungen, die er kaum erfüllen kann.

Und vor allem keine Amelia.

ZWÖLF

Andrew - 2 Jahre zuvor

Wir waren noch beinahe Kinder, als wir den alles entscheidenden Auswahltest an unserer Schule absolvieren mussten. Ich war so aufgeregt wie noch nie, als die Testbögen auf den Bildschirmen vor uns freigeschaltet wurden. Die folgende halbe Stunde würde über unser komplettes Leben entscheiden. Wo wir arbeiten würden, wo die Ausbildung stattfinden würde und vor allem, ob wir unserer Familientradition würden folgen können. Nur für wenige andere war der Druck genauso so hoch wie für mich. Nur eines der vielen möglichen Ergebnisse würde meinen Vater zufriedenstellen.

Würde ich ihm und meinem Bruder in Regierungskreise folgen, oder würde ich nur eine niedere, unserer Familie nicht angemessene Arbeitsstelle bekommen? Fragen über Fragen schwirrten durch meinen Kopf, während ich Aufgabe für Aufgabe den Test durchging.

Würde Vater mich verstoßen, wenn das Ergebnis nicht seinen Wünschen entsprach?

Die Stunden bis zum nächsten Morgen, an dem wir endlich unsere Berufung erfahren würden, waren fast unerträglich für mich.

Ich lag die ganze Nacht wach und wälzte mich hin und her, im verzweifelten Versuch, Schlaf zu finden.

Das Gefühl von Erleichterung, nachdem ein Lehrer mir stolz dreinblickend eröffnet hatte, dass ich es geschafft hätte, werde ich wohl nie vergessen. Die Gewissheit, Vater nicht enttäuscht zu haben, war ein erhebendes Gefühl. Es brachte mich dazu, aufgeregt nach Hause zu laufen, um ihm sofort davon zu erzählen. Seine Reaktion hingegen war niederschmetternd. Ohne den geringsten Anteil Stolz, Freude oder Zufriedenheit teilte er mir mit, ein anderes Ergebnis hätte er auch nicht toleriert.

Glücklicherweise war meine Vorfreude, bald in das langersehnte Ausbildungslager reisen zu dürfen groß genug, um das erneut zur Schau gestellte Desinteresse seinerseits aushalten zu können.

Andrew - 23 Monate zuvor

Ich erinnere mich an den ersten Tag im Lager, als wäre es gestern gewesen. Die ganzen aufgeregten Gesichter der anderen jungen Männer und Frauen im Kleinbus.

Ich suchte ein mir bekanntes Gesicht und fand Aidens. Damals wusste ich noch nicht, wie er hieß, aber ich kannte ihn aus meiner Schule. Eigentlich fand ich ihn immer schon nett und er hatte ein Talent dafür, Streiche zu spielen, ohne dabei erwischt zu werden. Zu Schulzeiten jedoch hatte Vater verhindert, dass ich engeren Kontakt – von einer Freundschaft ganz zu schweigen – zu ihm aufbauen konnte.

Seine Worte hallten in meinem Hinterkopf nach, während wir im Transporter leicht durchgeschüttelt wurden, als dieser die letzten Meter auf dem Weg zum Eingangstor des Lagers zurücklegte.

„Er ist unter deinem Niveau. Halte dich fern von ihm. Seine Eltern arbeiten in der Lebensmittelausgabe und er wird es auch nie weiter nach oben schaffen."

Ich wusste noch, wie ich mich damals gefragt hatte, woher Vater stets Informationen über jeden hatte, den ich mochte und zu dem ich eine Freundschaft aufbauen wollte. Mein Gedankenstrom wurde unterbrochen, als die Türen zischend aufgingen und ein Ausbilder uns mit strengem Ton aufforderte den Kleinbus zu verlassen.

Nach und nach gingen wir hintereinander auf die Türöffnungen zu und standen kurz darauf auf dem trockenen, staubigen Boden des Ausbildungslagers, das nun für mehrere Monate unser Zuhause sein sollte. Zusammen mit unserem Bus waren noch drei weitere durch das sich nun hinter uns schließende Eingangstor gerollt. Aus ihnen stiegen ebenfalls jeweils 15 zukünftige Regierungsmitarbeiter aus. Die

Umgebung ließ mich an die Bilder einer Savanne denken, die ich in einem unserer Schulbücher in einem Kurs über die alte Welt gesehen hatte. Der Ort, an dem wir standen, schien der Hauptplatz des Lagers zu sein. Links von uns stand ein ungewöhnlich luxuriös aussehendes Holzhaus mit geschwungenen Dachbalken, aus dessen Eingangstür in diesem Moment der Präsident höchstpersönlich trat.

Damals wirkt er noch etwas jünger. Die mittlerweile vollständig ergrauten Haare weisen einen hellen Braunton auf, der allerdings bereits von grauen Strähnen durchzogen ist. Seine Ausstrahlung hat sich seit diesem Tag noch etwas intensiviert, auch wenn ich heute nicht mehr so ehrfurchtsvoll zu ihm aufsehe wie an diesem Tag.

Ein Raunen ging durch die Menge und ich bemerkte, wie rechts und links von mir einige meiner neuen Kollegen damit beschäftigt waren, ihre heruntergefallene Kinnlade wieder zu schließen. Ich schien weit und breit der einzige zu sein, der relativ unbeeindruckt vom Erscheinungsbild des Präsidenten war. Jeder hatte ihn schon oft auf den Übertragungsbildschirmen zu Hause oder in der Schule gesehen, allerdings waren ihm vermutlich erst wenige persönlich begegnet.

Für mich war das nichts Neues, kam er doch des Öfteren zu uns nach Hause, um mit meinem Vater über die Arbeit und seine bevorstehende Pensionierung zu sprechen. Auch hatte mir Jonathan bereits von der großen Einführungsrede am ersten Tag im Ausbildungslager erzählt. Seine Augen hatten gefunkelt, während er vom präsidialen Auftritt schwärmte.

Isaac Ross trat langsam an die Brüstung der überdachten Veranda und sah auf uns herab. Mehrere Ausbilder waren unbemerkt hinter uns getreten und schoben uns langsam in Richtung des Präsidenten. Als die Menschenmasse sich letztlich in einem mehr oder weniger schönen Halbkreis vor der Veranda unterhalb des eindrucksvollen Mannes eingefunden hatte, begann der Präsident mit seiner Ansprache.

„Ich begrüße euch, die neuen Anwärter, mit Stolz in diesem Ausbildungslager. Ihr wisst, weshalb ihr alle hier seid. Ihr habt es geschafft. Ihr gehört zur Elite unserer Stadt. Ungeachtet dessen, von wo ihr kommt, habt ihr in den Auswahltests bewiesen, dass ihr es wert seid, für die Regierung zu arbeiten."

Mein verächtliches leises Schnauben wurde hörbar, weil der Präsident im gleichen Moment kurz Luft holte. Ich spürte einen verwunderten Blick von rechts. Aus dem Augenwinkel erkannte ich Aiden und sein spitzbübisches Grinsen. Auch ich konnte mir es nicht verkneifen, meine Mundwinkel ein wenig nach oben zu ziehen.

Isaac Ross fuhr mit seinem Monolog fort und ich richtete meine Aufmerksamkeit wieder auf ihn, als ich ein Murmeln neben mir wahrnahm.

„Von wegen ungeachtet unserer Herkunft. Welche Schulen bekommen denn den Auswahltest?"

Erstaunt sah ich Aiden an. Er hatte recht. Diesen Auswahltest machten nur die Schüler an den Schulen der inneren zwei Zonen. In Zone 3 gab es zwar noch Schulen, aber nur Auswahltests für niedere Tätigkeiten. Noch weiter außen scherte sich niemand um die Bildung der Kinder, sie arbeiteten, sobald sie alt genug dafür waren.

Aidens Blick traf mich und wir mussten beide grinsen. Er wurde mir immer sympathischer.

Anscheinend war unsere Unaufmerksamkeit aufgefallen, denn einer der Ausbilder war unbemerkt hinter uns getreten und stieß Aiden etwas heftiger als nötig mit dem Ellbogen ins Kreuz. Mit zusammengebissenen Zähnen wandten wir unsere Aufmerksamkeit wieder der improvisierten Bühne und der ausschweifenden Rede des Präsidenten zu.

„Innerhalb weniger Monate werdet ihr hier zu vollwertigen Mitgliedern der Gesellschaft und Mitarbeitern der Regierung ausgebildet. Ich kann euch nur raten, fleißig zu lernen und euch keinerlei Fehltritte zu erlauben."

Eine theatralische Pause und ein hörbares Atemholen später fuhr er fort.

„Ich möchte euch heute meinen engsten Berater und Freund vorstellen. Er war für die Umstrukturierung des Ausbildungslagers verantwortlich. Ihr seid die ersten Anwärter, die sein neues Konzept testen werden. Dieses Konzept wird er euch heute kurz erläutern. Ich bin sehr stolz und auch glücklich, euch meinen guten Freund John Thompson vorstellen zu dürfen."

Mein Unbehagen war mit jedem seiner Sätze größer geworden und als schließlich der Name fiel, wäre ich am liebsten im Boden versunken. Doch es kam noch schlimmer. Denn mein Vater trat nun ebenfalls auf die Veranda und stellte sich neben den Präsidenten an das Geländer. Der höfliche Applaus verstummte und er begann mit seiner Ansprache.

„Bevor ich das neue Bildungskonzept vorstelle, möchte ich kurz darauf eingehen, wie stolz es mich macht, dass nun endlich auch mein zweiter Sohn seinen Weg hierher gefunden hat. Er war auch eine meiner Inspirationen, das Lehrkonzept in den Ausbildungslagern zu reformieren. Zeig dich doch einmal, Andrew!"

Sein suchender Blick glitt über die Menge, obwohl ich mir zu einhundert Prozent sicher war, dass er mich bereits in dem Moment gesehen hatte, als er auf die Veranda getreten war. Das Tuscheln der Umstehenden war ohrenbetäubend, als sie sich suchend nach mir umdrehten und ihre Hälse reckten.

„Ach, da bist du ja."

Sein Blick lag freudestrahlend auf mir, während er mit dem Finger auf mich wies. Seine Augen zeigten jedoch dieselbe Kälte und das gleiche Desinteresse, wie sonst auch immer. Auch der Präsident nickte mir zu. Mein erzwungenes Lächeln und meine unsicheren Blicke trafen auf ungläubige und teilweise

111

sogar wütende Gesichter in der Menge. Während mein Vater seine Rede fortführte, als sei nichts passiert, spürte ich zwei besonders eisige Blicke auf mir. Suchend schaute ich in die Menge und erkannte links vor mir zwei mir zugewandte Gesichter.

Beide haben immer noch dieselben dunkelblonden Haare. Mittlerweile tragen sie sie jedoch beide etwas länger und nicht wie damals noch sehr kurz. Ihre dunklen Augen haben ihren feindseligen Blick mir gegenüber nie verloren. Ihre Veränderung beschränkt sich auf das Äußere. Aus heutiger Sicht, finde ich ihre Namen recht passend, obwohl sie mir damals einfach nicht im Gedächtnis bleiben wollten. Phillip und Luke sind immer noch dieselben. Die Sticheleien, die sie damals begonnen haben, bestehen bis heute fort.

Die Rede meines Vaters dauerte länger, als erwartet.

Anschließend sagte der Präsident noch ein paar Worte, die jedoch nicht zu mir durchdrangen. Der übertrieben theatralische Abgang Isaac Ross' löste einen von Jubelschreien unterbrochenen Applaus aus. Er genoss die Aufmerksamkeit und die Bewunderung seiner Zuhörer sichtlich. Nach einer gefühlten Ewigkeit verabschiedete er sich, noch immer unter Applaus, mit erhobener Hand und verließ gefolgt von meinem Vater die Veranda. Sie stiegen nacheinander in den bereitgestellten blauen Helikopter ein. Der Applaus verebbte erst, als das Fluggerät bereits am Horizont verschwunden war.

Einer der Ausbilder ergriff nun das Wort, um uns in einem kurzen Rundgang über das Gelände zu führen. Die anderen Lehrer gingen hinter uns her, um zu verhindern, dass sich jemand absetzte. Wir kamen uns vor wie eine Schafherde, die von Wölfen durch das Lager getrieben wird. Niemand hörte richtig zu.

Das Getuschel fing wieder an und ich spürte zahlreiche Blicke auf mir. Der Monolog des Betreuers hatte den Punkt Mehrbettzimmer und Putz- bzw. Aufräumdienst erreicht.

„Die Bevorzugung lässt sicher nicht lange auf sich warten. Vermutlich bekommt er sogar ein Einzelzimmer. Als Sohn des engsten Beraters des Präsidenten kann man natürlich weder in einer Gemeinschaftsunterkunft zusammen mit dem niederen Volk schlafen, noch irgendwelche Dienste übernehmen."

Dies kam von einem der Blonden mit den Eisaugen.

Ein verächtliches Lachen des Anderen.

„Er muss sich wahrscheinlich nicht einmal anstrengen. Als Günstling des Präsidenten sitzt er seine Zeit hier ab und bekommt den Abschluss mit Belobigung, ohne auch nur einen Finger krummgemacht zu haben."

Diesmal stimmten auch einige andere in das hämische Lachen mit ein. Ich versuchte, es zu ignorieren. Doch sie wurden nicht müde, immer weitere Theorien in Umlauf zu bringen, wie ich bevorzugt werden könnte.

Plötzlich hörte ich ein genervtes Schnauben. Aiden ging neben mir und hatte wohl alles mitangehört.

„Ach Phillip, arbeitet dein Vater eigentlich immer noch in der Essensausgabe für die Armen? Da kann ich für dich nur hoffen, dass du etwas arbeitswütiger und weniger alkoholverliebt bist wie er, denn sonst könnte das eng werden mit dem Abschluss."

Phillip wurde rot und zog den Kopf ein.

Mittlerweile hörte fast die ganze Gruppe zu. Luke setzte zu einer weiteren Hetztirade gegen mich an:

„Bestimmt darf er sich hier auch alles erlauben, ohne eine Strafe zu bek...".

„In etwa so wie du in der Schule? Du warst das doch, der damals in das Computerlabor eingestiegen ist und die Party veranstaltet hat. Soweit ich weiß, hast du dafür noch nicht einmal Strafdienst aufgebrummt bekommen. Aber wie denn auch, wenn dein Vater der Direktor ist", schnitt Aiden ihm das Wort ab.

Das Murmeln der Gruppe nahm nun auch Luke den Wind aus den Segeln. Ich grinste Aiden breit an, während der gelangweilte Ausbilder langsam zum Ende kam.

„Hi, ich bin Aiden."

„Andrew."

„Ich weiß", antwortete er lachend.

Ich wurde wieder rot.

Seit damals weiß ich, dass ich Aiden vertrauen kann und wir einander immer aus prekären Situationen helfen, sofern es uns möglich ist. Wie oft wir uns gegenseitig gerettet haben, kann ich gar nicht mehr zählen, doch es nimmt seinen Anfang im Ausbildungslager.

Andrew – 21 Monate zuvor

„Das ist echt eine ganz dumme Idee, Aiden. Wir sollten das besser lassen", flüsterte ich ihm zu, während wir geduckt durch die Dunkelheit auf das Haupthaus zuschlichen.

Wir waren seit acht Wochen im Lager und bereits zweimal nach der Sperrstunde draußen erwischt worden. Der zusätzliche Aufräumdienst war recht schnell geschafft. Doch ich wollte mir nicht vorstellen, was bei einem dritten Vergehen passieren würde.

„Ach Quatsch. Die betrinken sich doch fast jeden Abend, da können wir uns doch wohl auch einmal eine Flasche leihen."

An der Veranda angekommen, blicken wir zu den beiden erleuchteten Fenstern hinauf, hinter denen sich die Ausbilder aufhielten. Aiden wollte sich ge-

rade um die Hausecke zum Hintereingang weiter-
schleichen, als ich ihn festhielt.

„Ach komm schon, du Angsthase. Wir machen
es nach Plan. Du stehst hier vorne Schmiere und ich
gehe hinten herum rein und besorge uns eine Flasche."

Ich schluckte einmal und ließ ihn widerwillig los.
Schnell verschwand er in der Dunkelheit und ich
hoffte, dass zumindest diesmal alles gutgehen würde.

Kurze Zeit später hörte ich ein leises Klirren. Da
schien etwas nicht nach Plan zu laufen. Die Schatten
in den hell erleuchteten Fenstern bewegten sich
plötzlich schneller, Hektik schien ausgebrochen zu
sein.

Ich musste Aiden warnen. So leise wie möglich,
rannte ich geduckt um das große Haus und sah die
geöffnete Hintertür, deren Fenster eingeschlagen
worden war.

„Aiden, komm da sofort raus!", flüsterte ich so
laut es ging in den dunklen Raum.

Die schwarze Gestalt, die mich Sekunden später
beinahe umrannte, erschreckte mich zu Tode. Es war
Aiden, der mit einem breiten Grinsen und einer Fla-
sche in der Hand vor mir stand. Die Stimmen der
Ausbilder im Haus wurden lauter und das Licht im
Untergeschoss wurde eingeschaltet.

Aiden lief los. Ich rannte dicht hinter ihm und
hörte hinter mir schnelle Schritte, die immer näher-
kamen. Ich blickte mich kurz um und das nächste,

was ich fühlte, war der staubige Boden in meinem Gesicht und Mund. Es schmeckte scheußlich und ich spuckte hustend aus. Ich war wohl gestolpert. Mein unterdrücktes Husten führte Jones, einen unserer Ausbilder, direkt zu mir. Er packte mich im Genick und zog mich hoch.

„Du schon wieder."

„Jetzt rede endlich. Du warst da draußen doch nicht allein."

Jones, ein großer Mann von einschüchternder Statur stand vor mir und redete harsch auf mich ein. Hinter ihm ragte mein Vater auf, der sofort verständigt worden war, nachdem ich mir bereits mein drittes Vergehen zu Schulden hatte kommen lassen. Er schaute mich mit Wut und Abscheu im Blick an. Meine Antwort war trotzdem dieselbe, wie die drei Male zuvor.

„Ich war allein da draußen. Ich konnte nicht schlafen und wollte etwas frische Luft schnappen."

Mein Vater schaltete sich ein und bat Jones, den Raum zu verlassen. Die Tür war noch nicht ganz ins Schloss gefallen, da legte er auch schon los.

„Weißt du überhaupt, was das für Konsequenzen hat? Das dritte Vergehen bedeutet den Ausschluss aus der Ausbildungsmaßnahme."

Er bemerkte wohl mein Entsetzen und fuhr mit einem selbstverliebten Gesichtsausdruck fort.

„Ich habe mich natürlich für dich eingesetzt, aber ich verlange dafür, dass du die Wahrheit erzählst

117

über das, was letzte Nacht geschehen ist. Und vor allem dulde ich keine weitere Beschmutzung meines Namens. Du wirst dieses Ausbildungslager mit Auszeichnung abschließen, sonst brauchst gar nicht mehr zu Hause zu erscheinen. Hast du mich verstanden?"

Ich nickte schnell.

Das Verhör ging noch einige Stunden weiter, doch ich blieb bei meiner Geschichte. Nichts auf der Welt hätte mich dazu bringen können, Aiden zu verraten. Für ihn würde sich niemand einsetzen, auch wenn seine Eltern nicht in der Lebensmittelausgabe arbeiteten, sondern einer Regierungskommission zu diesem Thema angehörten, wie ich von ihm erfahren hatte. Sie hatten jedoch lange nicht so viele Freiheiten, wie mein Vater.

Als ich mit einigen Strafdiensten im Gepäck wieder freigelassen wurde, hatte sich schon im ganzen Lager herumgesprochen, dass ich nun den dritten Eintrag in meiner Kartei hatte und unter normalen Umständen das Lager verlassen hätte müssen. Dass ich trotzdem immer noch dort war, nutzten Luke und Phillip logischerweise sofort aus, um noch stärker gegen mich zu schießen. Mir war das jedoch egal. Ich wusste, dass ich in Aiden einen Freund gefunden hatte, auf den ich mich immer würde verlassen können.

◆◆◆

Ein Knacken lässt mich aufschrecken. Ich bin wohl im Sitzen eingeschlafen und habe geträumt. Mit einem Lächeln auf den Lippen denke ich an meinen Traum und die Vergangenheit zurück, ehe mir bewusst wird, mit welchen Problemen ich in der Gegenwart zu kämpfen habe. Meine Mundwinkel wandern wieder nach unten. Doch ich atme tief durch, stehe trotzdem festentschlossen auf und verlasse den Platz unter der Weide.

DREIZEHN

Andrew

Das laute, energische Klopfen an meiner Tür lässt mich aufblicken und reißt mich aus meinen Gedanken. Ich werfe einen kurzen Blick auf meinen Monitor und bin erstaunt, wie schnell die Zeit vergangen ist. Mein Arbeitstag hat heute schon früh begonnen. Die Sonne hatte sich gerade erst über den Horizont gekämpft, als ich schon an meinem Schreibtisch saß. Jetzt ist sie bereits aus meinem Blickfeld verschwunden und muss sich schon wieder in Richtung des anderen Horizonts auf der Rückseite des Gebäudes verzogen haben. Die Schreibtischarbeit lässt mich jedes Mal die Zeit vergessen. Ich habe die ersten Berichte zur Säuberungsaktion von Mike und Luke durchgesehen. Wie zu erwarten war, haben sie sich die Rebellinnen für den Schluss aufgehoben. Das Lesen ihrer für meinen Geschmack etwas zu detaillierten Aufbereitung der Ereignisse führt mir einmal mehr ihre Grausamkeit vor Augen. Beim Gedanken an die Berichte der beiden fröstelt es mich schon wieder.

Obwohl ich seit Stunden über meinem anderen Problem brüte, ist mir noch keine Lösung hinsichtlich ihrer Akte eingefallen. Die Grübeleien unterbreche ich nur von Zeit zu Zeit, um den nächsten Zug bezüglich meines zweiten Subjektes, der alten Frau, zu planen. Doch lange dauern die Pausen von meinem persönlichen Gedankenchaos nicht. Die Frage, wie ich Amelias Akte loswerde, stellt sich mir immer noch. Sie scheint sogar wie eine undurchdringliche Wand vor mir emporzuragen und ich finde keinen Weg daran vorbei.

Ein weiteres genervtes Wummern lenkt meine Aufmerksamkeit wieder auf die Tür, die mit jedem weiteren Klopfen ein wenig mehr in den Angeln zu hüpfen scheint.

Bevor mein Besucher die Tür vollständig einschlagen kann, rufe ich laut: „Herein!"

Ein sehr wütend dreinblickender Phillip stapft in mein Büro und baut sich vor meinem Schreibtisch auf. Beinahe habe ich den mit gesenktem Kopf hinterherschleichenden Finn übersehen, der sich sichtlich unwohl in seiner Haut fühlt. Phillips polternde Stimme lenkt meinen Blick wieder zu dem großgewachsenen Blonden, dessen rot angelaufenes Gesicht in starkem Kontrast zu seiner Haarfarbe steht.

„Sag mal, bist du taub? Ich stehe seit fünf Minuten vor deiner Tür!"

Mir entgeht nicht, dass er nur von sich spricht. Wahrscheinlich hat es Probleme mit Finn gegeben. Bevor ich antworten kann, fährt er schon fort.

„Ist ja auch egal. Mit dem arbeite ich keinen Tag länger."

Ohne hinzusehen weist er mit dem Kinn neben sich. Finn windet sich und wird knallrot, als ich Phillip frage, was denn das Problem sei.

„Was das Problem ist? Das ist nicht dein Ernst, oder? So was Unfähiges habe ich noch nie gesehen. Lies ruhig den Bericht. *Der Unfähige* hat wohlweislich einiges ausgelassen, aber keine Sorge ich habe alles überarbeitet."

Sein Schnappen nach Luft gibt mir die Möglichkeit, seine Schimpftirade zu unterbrechen.

„Welches Subjekt habt ihr denn bearbeitet?", frage ich ruhig und sehe Finn mit festem Blick an. Dieser hebt langsam den Kopf, um mir zu antworten, lässt ihn jedoch genauso schnell wieder sinken, da Phillip erneut lautstark das Wort ergreift.

„Chipnummer 263829. Der Inhaftierte. *Der Unfähige* hat ihn beinahe entkommen lassen. Wäre ich nicht dabei gewesen, wäre alles aufgeflogen. Er ist sogar zu blöd, um jemanden zu töten, der in einer Zelle sitzt und eigentlich nicht einmal abhauen kann …".

Seine weiteren Stänkereien überhöre ich. Meine Gedanken wandern zum Inhaftierungsblock. Letztes Mal ist ebenfalls ein Subjekt von dort dabei gewesen. Die Vorgehensweise in Bezug auf Inhaftierte ist eigentlich klar und einfach. Die Dienstpläne der Inhaftierungsbeamten müssen überprüft werden. Einige davon sind in das Konzept der Säuberungsaktion eingeweiht und so muss man nur deren Schicht herausfinden, zur richtigen Zeit dort erscheinen und die

Beamten dann in eine kurze Pause schicken. Keine Zeugen. Schnelle saubere Abwicklung.

Phillips Stimme ist bereits ein wenig heiser, als er endlich damit fertig ist, *den Unfähigen*, wie er Finn nennt, zu denunzieren.

„Warum habt ihr ausgerechnet mit diesem Subjekt angefangen? Und wie viel Vorbereitungszeit hast du ihm überhaupt gegeben?"

Meine Frage scheint ihn etwas zu verunsichern, trotzdem spuckt er die Antwort regelrecht aus.

„Die anderen Subjekte sind ja langweilig. Außerdem hat er im Ausbildungscamp ja wohl genug Zeit gehabt, um unsere Vorgehensweise zu lernen. Er hat einen ganzen Tag Zeit gehabt, um sich vorzubereiten. Das war doch mehr als genug! Zumindest für einen normalen Regierungsmitarbeiter. Aber für *den Unfähigen…*"

Er lässt den Rest des Satzes in der Luft hängen. Ich beobachte Finn, der immer noch betreten zu Boden schaut. Gerne hätte ich seine Version der Geschichte gehört, doch ich bin mir sicher, dass Phillip ihn nicht zu Wort kommen lassen würde. Also wandert mein Blick wieder zum größeren der beiden, der sich langsam zu beruhigen scheint.

„Wo ist der Bericht? Ich will mir selbst ein Bild davon machen."

„Unfähiger!", herrscht er Finn an.

„Hörst du schlecht? Der Bericht!"

Mit hochgezogenen Schultern reicht Finn mir, ohne mich anzusehen, die mittlerweile recht dicke Akte. Ich öffne sie und überfliege die ersten Absätze. Meine Augenbrauen wandern zusammen und ich werde wütend.

„Phillip. Du machst Finn vor mir und hier im Bericht in einem fort schlecht. Ich kenne deine Art, Berichte zu schreiben. Finn hat nichts davon selbst geschrieben. Und seit wann nennen wir eigentlich Namen in unseren Berichten?"

Ich blicke auf und begegne seinem feindseligen Blick, den ich, ohne zu zögern, erwidere.

„Es ist Finns Akte. Das heißt, es ist auch sein Bericht. Wie soll er etwas lernen, wenn du ihm die ganze Arbeit abnimmst. Und außerdem: Du warst für ihn verantwortlich, was du recht eindeutig im Bericht darlegst und auch deine heldenhafte Rettung der Situation. Die Frage ist nur: Unter wessen Anleitung sollte Finn angelernt werden?"

Phillip weicht meinem herausfordernden Blick aus.

„Und was machen wir jetzt?" Sein kleinlauter Tonfall lässt mich beinahe triumphierend grinsen, doch ich kann mich zusammenreißen.

„Ist doch ganz einfach. Finn schreibt den Bericht noch einmal."

Mit diesen Worten reiche ich Finn die Akte und zerknülle mit der anderen Hand den Bericht.

„Und da es Finn nicht mehr zuzumuten ist, mit dir zu arbeiten, werde ich mich ab jetzt selbst um ihn kümmern. Und ihm zuallererst eine richtige Einweisung geben."

Mein scharfer Tonfall lässt Phillip einen Schritt vom Schreibtisch zurücktreten.

„Und was dich angeht, du wolltest doch noch eine weitere Akte. Hier nimm sie. Ich will dich die nächsten Wochen nur noch zur Abgabe der Berichte sehen."

Ich knalle ihm Amelias Akte gegen die Brust. Seine Hände wandern langsam zur Akte und seine Augen treffen meine.

„Hast du das verstanden?"

Er nickt kleinlaut und folgt meiner angedeuteten Geste in Richtung Tür. Leise schließt er die Tür von außen und ich bin mit Finn alleine, der sich sofort ein wenig zu entspannen scheint. Er scheint unsicher zu sein, was er als Nächstes tun soll. Ich warte, bis er zaghaft aufblickt und lächle ihn an.

„Mach dir keine Sorgen. Er wird dich akzeptieren, er wird es müssen."

Seine Schultern wandern wieder in eine normale Position und die Angst verschwindet aus seinen Augen. Mit einem Seufzen sehe ich mich zur Uhr um und bemerke entsetzt, wie spät es schon ist. Ich werde mich beeilen müssen, um rechtzeitig zum Abendessen zu Hause zu sein.

„Na komm schon, Finn. Mach dir nicht zu viele Gedanken. Wir machen Schluss für heute und morgen fangen wir nochmal von vorne an."

Er nickt etwas selbstsicherer, verabschiedet sich und verlässt mein Büro. Ich reibe mit meinen Händen über meine Augen und kann nicht fassen, wie schnell ich ein Problem losgeworden bin, nur um gleich das nächste am Hals zu haben. Natürlich geht Phillip zu weit damit, unseren Neuzugang derart schlechtzumachen. Aber gleichzeitig weiß ich, dass er mit seiner Einschätzung meist richtig liegt. Mit einem Kopfschütteln schalte ich meinen Monitor aus und verlasse mein Büro, um durch die Dämmerung nach Hause zu hasten.

VIERZEHN

Andrew

Wie jeden Morgen führt mich mein erster Gang durch mein Büro zum Fenster, um die kalte Morgenluft hereinzulassen.

Abweichend von meinem Ritual, fünf Minuten vor dem geöffneten Fenster zu stehen, gehe ich heute sofort zu meinem Schreibtisch und sehe mir die verbliebene Akte an. Dieses Subjekt sollte ein guter Einstieg für unser Sorgenkind sein. Phillips Schimpftirade über den Unfähigen entnahm ich, dass Finn wohl noch unsicherer ist, als es bisher den Anschein gemacht hat. Die Daten in der Akte zeigen mir, wie leicht es sein wird, Finn damit einen guten Einstieg zu ermöglichen. Frau Thomas, wie die alte Frau heißt, liegt im städtischen Krankenhaus. Die Radioaktivität in den Randgebieten der Stadt scheint über die lange, unbehandelte Zeit nun ihren Tribut zu fordern.

Ein Blick zur Wanduhr zeigt mir, dass Finn sich verspätet. Das sollte nicht passieren. Ich beschließe etwas genervt, diese Regelübertretung wohlwollend zu übersehen, sollte Finn innerhalb der nächsten zehn Minuten auftauchen. Leicht verstimmt rufe ich am Computer die Ortungssoftware für den Chip auf. Was meine bevorstehende Aufgabe angeht, bin ich wohl nervöser, als ich mir eingestehen möchte. So bin ich doch reichlich verwirrt als der blinkende Punkt, der den Aufenthaltsort des Chips anzeigt, in den Räumen der Universitätsbibliothek pulsiert. Meine Verwirrtheit hält nur kurz an, bis ich bemerke, dass mir da wohl ein Fehler beim Eingeben des Codes passiert sein muss. Mit mehr Konzentration ist die richtige Nummer schnell eingegeben und der Punkt blinkt erwartungsgemäß im Krankenhaus auf einer der unteren Stationen. Die angezeigten Vitalwerte der Frau lassen auf eine fatale Prognose schließen. Die Werte haben sich dramatisch verschlechtert, seit ich die Akte zum ersten Mal gelesen habe, und die alte Dame scheint nicht mehr viel Lebenszeit auf ihrer Uhr zu haben. Kurz kommt mir der Gedanke, meine Pläne für den heutigen Tag zu ändern und zuerst den alten Mann aus Finns zweiter Akte aufspüren zu lassen. So könnten wir die Zeit als Verbündete nutzen. Spätestens in ein paar Tagen sollte sich das mit der alten Dame so oder so erledigt haben. Bei diesem Gedanken zucke ich zusammen.

Wann war ich so kaltherzig geworden?

Mit einem Kopfschütteln verwerfe ich den Gedanken und konzentriere mich wieder auf den pulsierenden Punkt. Die alte Dame. Sie sollte ein leichtes Ziel sein und wir können ihr Leiden beenden.

So rechtfertigst du also neuerdings Mord, schaltet sich die leise Stimme in meinen Hinterkopf wieder ein.

Ich beschließe gerade, sie zu ignorieren, als es hektisch und doch leise an der Tür klopft. Mit einem Seitenblick auf die Uhr, die sieben Minuten Verspätung anzeigt, rufe ich Finn herein.

Unter meinem strengen Blick verhaspelt er sich mehrmals bei dem Versuch, sich für sein Zuspätkommen zu entschuldigen.

„Es ... es tut mir leid, m-mein Wecker ist kaputt u-und dann habe i-ich verschlafen."

Wie er da betreten und mit eingezogenem Kopf vor meinem Schreibtisch steht, tut er mir leid.

„Ist schon gut, Finn. Ich will nochmal darüber hinwegsehen. Aber das war das erste und letzte Mal, verstanden?" Ein schnelles Nicken seinerseits.

„Nun gut. Dann beginnen wir mal mit unserer heutigen Aufgabe. Was hat Phillip dir denn schon erklärt und gezeigt?"

Finn räuspert sich ein paar Mal.

„Nun ja ... also ... naja, eigentlich hat er mir nichts erklärt."

Als er meinem Blick begegnet, setzt er schnell hinzu: „Aber ihm zuzuschauen, hat mir auch viel gebracht."

Nach kurzer Bedenkzeit meinerseits, in der er sichtlich unwohl von einem auf den anderen Fuß tippelt, schiebe ich ihm die Akte der alten Dame über den Schreibtisch.

„Das ist unser heutiges Subjekt. Wie würdest du vorgehen?"

Mit zitternder Hand schnappt Finn sich die Akte und schlägt sie auf. Seine Augen fliegen über die Seiten in dem Versuch, sich einen groben Überblick zu verschaffen. Ich beobachte ihn interessiert, während ich mit einem schnellen Klick zur Startseite der Ortungssoftware zurückkehre. Finn klappt die Akte langsam zu, sein Blick ist auf den Boden gerichtet.

„Nun? Wie gehen wir vor?"

Diese Aufgabe sollte ihn eigentlich nicht überfordern. Wer im Eignungstest als möglicher Wächter eingestuft wird, bekommt im Ausbildungslager auch eine spezielle Ausbildung, wie mit den Subjekten umgegangen werden muss. Sein Blick wandert langsam zu mir, während er anfängt, die Arbeitsanweisung für Wächter während der Säuberungsaktion auswendig herunterzurattern.

Ich überlege kurz, ob ich ihn stoppen soll, aber er scheint sicherer zu werden mit jeder Zeile, die er aus dem Handbuch rezitiert. Als er fertig ist, schaue ich ihn leicht amüsiert an und frage ihn erneut, welches konkret unsere nächsten Schritte sind. Er scheint wieder verunsichert zu sein und schluckt hart.

„Naja … also … ich … ähm … wir …".

Dann atmet er kurz durch und setzt erneut und mit erstaunlich fester Stimme an:

„Wir sollten mit Hilfe der Ortungssoftware herausfinden, wo sich dieses Subjekt befindet. Wobei das in diesem Fall wohl relativ eindeutig ist. Dennoch schlage ich eine Ortung vor."

Meine Überraschung muss sich in meinem Gesicht widerspiegeln, denn mein Gegenüber scheint kurz verwirrt von meiner Reaktion. Mein anschließendes Lächeln beruhigt ihn jedoch schnell wieder.

Ich erhebe mich von meinem Stuhl und biete ihm mit einer Handbewegung an, sich zu setzen. Sichtlich erstaunt bewegt er sich langsam Schritt für Schritt um meinen Schreibtisch herum. Eine kleine Aufmunterung kann nicht schaden, denke ich mir.

„Heute hast du das Kommando, ich schaue dir über die Schulter und gebe dir Tipps."

Mit spürbar größerem Selbstbewusstsein setzt er sich auf den angebotenen Stuhl und gibt recht routiniert und ohne noch einmal in die Akte zu schauen den richtigen Zahlencode ein. Ich bin beeindruckt von seinem Blick für das Wesentliche. Schon pulsiert auf dem Bildschirm der Punkt im Krankenhaus und Finns Augen fokussieren sich auf die medizinischen Daten der Frau. Er schaut mich fragend an.

„Sie stirbt bereits, oder? Die Strahlung scheint sie langsam und qualvoll zu töten."

Ich nicke langsam, während ich mich frage, ob Finn der Aufgabe gewachsen ist, die auf ihn wartet. Er wirkt, als hätte er zu viel Mitgefühl, was in unserem Job kein Vorteil ist, wie ich aus eigener Erfahrung weiß.

Plötzlich fällt mir die Verbindung auf. Die alte Dame liegt im Krankenhaus, welches wir infolgedessen heute noch besuchen müssen.

Und sie arbeitet dort. Amelia arbeitet im selben Krankenhaus.

Mir wird abwechselnd heiß und kalt.

Was passiert, wenn sie mich sieht? Oder noch schlimmer, was passiert, wenn sie mich sieht und mich erkennt? Ich hoffe, dass Finn mir meinen Gefühlszustand nicht ansieht. Doch dieser ist schon wieder mit dem pulsierenden Punkt beschäftigt.

„Da sie schon im Krankenhaus liegt, sollte es kein Problem sein, unseren Auftrag zu erledigen. Eine Überdosis Schmerz- oder Schlafmittel sollte genügen."

Leicht verwundert über die kaltherzigen Überlegungen Finns, frage ich mich, ob ich mir das vorherige starke Mitgefühl nur eingebildet habe. Denn es scheint plötzlich komplett verflogen zu sein. Er wirkt, als sei er völlig in seinem Element. Was hat Phillip nur für ein Problem mit ihm?, frage ich mich nachdenklich. Im Moment wirkt er recht sicher und auch kompetent auf mich. Kleinere Startschwierigkeiten kann schließlich jeder einmal haben, zumal dies seine erste Säuberung ist.

„Ich würde vorschlagen, wir gehen ins Krankenhaus … also, wenn du nichts dagegen hast."

Finns Worte reißen mich aus meinen Gedanken und ich nehme wieder ein klein wenig Unsicherheit in seiner Stimme wahr. Zufrieden stimme ich ihm zu, ehe ich das Fenster schließe und wir uns auf den Weg ins Krankenhaus machen.

◆◆◆

Am Empfang des Krankenhauses treffen wir auf eine etwas griesgrämige Frau mittleren Alters. Verächtlich schnaubend gibt sie die Informationen über das heutige Subjekt heraus, nachdem sie sich das weiße Hirschgeweih auf unseren Armreifen mit verengten Augen angesehen hatte.

„Station 0, Zimmer 4. Die wertlosen Fälle machen also auch dann noch Ärger, wenn sie schon fast tot sind."

Finn neben mir spannt fast unmerklich seine Schultermuskulatur an. Ein rascher Seitenblick von mir und er entspannt sich wieder. Ich sehe, wie auch seine Finger sich wieder aus der geballten Faust lösen. Unser Gegenüber scheint seine Reaktion nicht bemerkt zu haben.

„Was hat die alte Schabracke denn angestellt?", setzt sie mit Verachtung im Blick nach.

Da Finn keine Anstalten macht, zu antworten und erneut etwas angespannt wirkt, übernehme ich kurzerhand das Reden.

„Regierungsangelegenheit. Würden Sie uns nun freundlicherweise sagen, wie wir zum Zimmer der alten Dame kommen?"

Mein strenger Ton scheint Wirkung zu zeigen. Nach einem bösen Blick in unsere Richtung stößt sie eine kurze Wegbeschreibung hervor.

„Den Flur links entlang. Die zweite rechts durch die Glastür. Zweites Zimmer auf der linken Seite."

Ihr Befehlston zeigt deutlich, was sie von Regierungsmitarbeitern hält, die sie in ihrem Territorium von oben herab behandeln wollen.

Ich stoße Finn wie beiläufig an, um ihn aus seiner Starre zu lösen und wir gehen nebeneinander den Flur hinunter. Hinter uns brabbelt die unfreundliche Empfangsdame noch etwas von Regierungstypen, die glauben, dass ihnen die Welt gehöre. Mich immer wieder unauffällig umschauend, hoffe ich insgeheim, sie möge heute frei haben. Als wir vor der Glastür, die Station 0 vom großen Krankenhausflur abtrennt, ankommen, sieht Finn mich leicht verunsichert an.

„Im Ausbildungslager hat man uns beigebracht, dass alle Menschen Regierungsmitarbeiter mit Respekt behandeln und Zuwiderhandlungen gemeldet werden müssen."

Ich schaue ihm kurz in die Augen und sehe darin noch die kindliche Naivität, die jeder hat, der frisch aus dem Lager kommt. Sie wird nach und nach verschwinden, während er immer tiefer in die strenge und grausame Realität unserer Zeit eintauchen wird. Ich selbst drohe bereits darin zu ertrinken, jedoch lernt man über die Jahre jedes Zeichen von Unsicherheit tief in sich zu vergraben, um nach außen hin den starken, regierungstreuen Mitarbeiter zu geben.

„Du wirst schnell merken, dass Theorie und Praxis sich voneinander unterscheiden. Über manche Dinge müssen wir bewusst hinwegsehen, so erhalten wir unsere Privilegien gegenüber denen, die in der Staatshierarchie unter uns stehen."

Finn nickt verstehend, während er sich abwendet, um die Tür zu öffnen. Mit einem letzten Blick über die Schulter, ständig nach Amelia Ausschau haltend, trete ich hinter ihm durch die Tür auf den Stationsflur. Hier und da ist ein gedämpftes Husten oder das monotone Piepsen der medizinischen Geräte zu hören. Finns Schritte verlangsamen sich mit jedem Meter, den er dem Zimmer der alten Dame näherkommt. Direkt vor der Zimmertür bleibt er stehen und dreht sich zu mir um.

„Frau Thomas hat Verwandte. Was tun wir, wenn sie gerade bei ihr sind?"

Ich mustere ihn nachdenklich.

„Dann müssen wir improvisieren – auch ein wichtiger Aspekt in unserem Job."

Sein Blick zeigt Nervosität, bevor er sich erneut der Tür zuwendet. Ein schneller Blick nach rechts und links den Flur hinunter, dann klopft er leise und unauffällig an, ehe er in das Zimmer tritt. Auch ich sehe mich noch einmal kurz um, nur um sicherzugehen, dass das Schwesternzimmer, welches nur einige Meter den Flur hinunter liegt, im Moment nicht besetzt ist. Dann trete auch ich ins Halbdunkel des Zimmers ein und schließe die Türe leise hinter mir.

Die Vorhänge sind zugezogen und im schummrigen Licht lassen sich zunächst nur vage Umrisse ausmachen. Das Bett steht in der Mitte des Raumes und tritt am deutlichsten aus der Dunkelheit hervor. Davor steht Finn und verschafft sich offensichtlich einen Überblick über die Situation.

Frau Thomas schläft. Ihr Atem geht schwer und rasselnd, als versuche sie, unter Wasser zu atmen. Ich trete neben unseren Neuzugang ans Krankenbett der alten Dame und bemerke seine zitternden Hände. Er scheint doch nicht so kaltschnäuzig zu sein, wie er zunächst auf mich gewirkt hatte. Seine Augen gleiten hektisch über den Körper der Frau und bleiben kurz am Zugang in ihrer Armbeuge hängen, ehe sie weiterwandern. Sein Atem geht plötzlich schneller.

„Finn? Alles in Ordnung?"

Er dreht langsam den Kopf und in seinem Blick sehe ich eine Angst, die mir nur zu gut bekannt ist, auch wenn ich das niemals zugeben würde.

„Ich weiß, dass ich so nicht denken sollte, aber …".

Er schluckt.

„Ist es richtig, was wir tun?"

Ich packe ihn hart an beiden Oberarmen.

„Finn, solche Fragen stellen wir nicht. Hast du das verstanden? Du warst auch in der Versammlung. Die Säuberungsaktion ist notwendig. Sie beschützt uns vor einer erneuten katastrophalen Überbevölkerung."

Kurz halte ich inne und frage mich, ob ich gerade ihn oder mich überzeugen muss.

„Wir stellen die Auswahl der Subjekte nicht in Frage. Und jetzt mach deinen Job."

Meine Worte klingen härter als beabsichtigt, obwohl sich die Lautstärke meiner Stimme nicht verändert hat. Finn trifft einen wunden Punkt bei mir. Zitternd wendet er sich ab und zieht langsam die Schublade des Nachttisches auf. Ich wundere mich kurz, dass er bereits die Gewohnheiten der Krankenschwestern kennt, die zu faul sind, jedes Mal die Medikamente aus dem Schwesternzimmer zu holen und sie stattdessen auf den Patientenzimmern deponieren. Seine Rückenmuskeln spannen sich an, ehe er sich mit vier Ampullen eines starken Schmerzmittels in den zitternden Fingern wieder zu mir umdreht.

„Das sollte reichen", kommentiert er seinen Fund mit leiser Stimme und schuldbewusst auf den Boden gerichtetem Blick. Plötzlich horchen wir auf.

Auf dem Flur sind Lärm und hektische Schritte zu hören. Einige Sekunden halten wir den Atem an, bis klar wird, dass die Schwestern wohl zu einem Notfall gerufen worden sind. In der Stille sind nur das rasselnde Atemgeräusch von Frau Thomas und unsere leisen Atemzüge zu hören.

Mit einem energischen Nicken hin zu der schlafenden Frau, bedeute ich Finn, endlich seinen Job zu machen. Er holt die ebenfalls in der Schublade liegende Spritze und versucht, sie mit der klaren Flüssigkeit aus der ersten Ampulle zu füllen. Aber seine Hände zittern zu stark.

Ich halte ihn mit beiden Händen an den Handgelenken fest und zwinge ihn so, mich anzusehen.

„Glaubst du, das hier ist schwierig? Es wird noch viel mehr auf dich zu kommen. Ich versuche, dir zu helfen, aber wenn du das hier nicht schaffst, werde ich dich versetzen lassen müssen und glaub' mir, eine Zwangsversetzung verheißt nichts Gutes."

Er atmet tief durch und schließt kurz die Augen. Als er sie wieder öffnet, scheinen jedes Mitgefühl und jeder Zweifel durch eine Kälte verdrängt worden zu sein, die mir Schauer über den Rücken jagt.

Ich lasse seine Hände los und er zieht routiniert und ohne Zittern die erste Spritze auf. Das kurze Zögern, bevor er die Spritze an den Zugang in der Armbeuge der alten Dame ansteckt, ist fast nicht wahrnehmbar und doch kann ich es sehen. Die klare Flüssigkeit findet ihren Weg in den Körper der Frau. Kurz bin ich erleichtert, dass ich Finn doch nicht in einen gefühlskalten Killer verwandelt habe. Die Atemzüge der alten Dame werden während der zweiten Injektion bereits ruhiger und tiefer. Ich wende meinen Blick ab, während Finn die nächste Ampulle aufzieht. Dann höre ich ein leises Geräusch, als würde etwas sehr Leichtes auf die Bettdecke fallen. Im Halbdunkel des Zimmers lässt sich beinahe nur die Silhouette Finns erkennen und doch könnte ich schwören, dass gerade etwas Glitzerndes von seinem Auge über die Wange bis zum Kinn gekullert und von dort aus auf die Bettdecke gefallen ist. Mit ruhiger Hand setzt er die dritte Injektion, die die Atemzüge von Frau Thomas noch weiter verlangsamen, sie unregelmäßig werden lässt. Und dann wieder dieses leise Platschen einer Träne Finns auf die Bettdecke. Während er die letzte Ampulle verabreicht, schweifen meine Gedanken ab.

Ich erinnere mich an meine erste Säuberungsaktion.

An mein erstes Subjekt.

Andrew - 15 Monate zuvor

Der ältere Mann mit dem steifen Knie ging hinkend vor mir her. Seine Schritte führten ihn wie jeden Morgen durch die dunkle Seitengasse zur Hauptstraße.

Dank dieser Abkürzung war er etwa zehn Minuten schneller an seinem Arbeitsplatz. Meine leisen Schritte hörte er nicht.

Der Plan stand fest: Folge ihm in die dunkle Gasse, überrasche ihn und schalte ihn aus. Seinen Körper würde so schnell keiner finden, wenn ich ihn wie geplant in einer der großen Mülltonnen in der Gasse verstaut hätte. Ich war die einzelnen Schritte so oft im Kopf durchgegangen, es konnte nichts schiefgehen.

Nur noch zehn Schritte, dann war er an der Stelle. Es würde schnell gehen. Ich würde ihn von hinten überraschen und einfach die Schlinge zu ziehen.

Noch drei Schritte, zwei Schritte, noch ein Schritt.

Ich holte schnell und dennoch leise den kleinen Abstand zwischen uns auf und stürzte mich auf ihn. Jetzt musste ich nur noch die Schlinge über seinen Kopf ziehen.

Doch plötzlich drehte er sich um und packte mich an beiden Oberarmen. So war das nicht geplant gewesen. Ich war geschockt und wusste nicht, was ich tun sollte. Einem Impuls folgend, entriss ich ihm meinen rechten Arm und schlug ihm mit voller Wucht gegen die Schläfe. Er taumelte zurück, stolperte und fiel auf den Rücken. Ich spürte, wie mein Körper sich automatisch bewegte, ich schien ihn nicht mehr zu steuern. Ich kniete mich auf den Oberkörper des Mannes und drückte meine Hände auf seinen Mund und seinen Hals. Meine Sicht verschwamm, ich weinte. Und doch drückte ich immer stärker zu, bis seine wild um sich schlagenden Arme hilflos am Boden lagen und die dunklen Augen erloschen.

◆◆◆

Ich erinnere mich nur ungern an jenen Tag.

Jedes Mal sehe ich mich in der Gasse sitzend und mit Tränen in den Augen auf die Hände starrend, die gerade zum ersten Mal ein Subjekt ausgeschaltet hatten. Ich weiß noch seinen Namen. Ich weiß die Namen aller meiner Subjekte und werde sie wohl nie vergessen können.

Die letzte Ampulle zeigt die gewünschte Wirkung. Die Atemzüge der alten Dame werden immer unregelmäßiger, bis sie schließlich aufhören und Frau Thomas ein letztes Mal ausatmet. Aus dem Augenwinkel beobachte ich, wie Finn seine zitternden Hände anstarrt und seine Atmung hektisch wird. Ich werde nicht zulassen, dass er in dasselbe Loch fällt, in dem ich damals den ganzen Tag gefangen war. Auch, wenn ich dafür lügen muss.

„Finn. Wisch dir das Gesicht ab. Das ist jetzt deine Arbeit. Du wirst das immer und immer wieder tun. Du kannst es dir nicht erlauben, jedes Mal so emotional zu werden. Glaubst du, wir anderen sind dahingekommen, wo wir jetzt stehen, indem wir uns so verhalten haben, wie du es gerade tust? Das hier ist völlig normal. Du wirst dich jetzt zusammenreißen und keine Aufmerksamkeit auf dich ziehen. Verstanden?"

Seine Antwort lässt auf sich warten, aber wenigstens sieht er mich jetzt an.

„Glaubst du etwa, ich habe mich so angestellt bei meinem ersten Subjekt? Ich dachte, du wärst stärker und würdest hinter dem Präsidenten und seiner Regierung stehen!"

Mit Enttäuschung im Blick wende ich mich ab. Es tut mir leid, ihm etwas vorspielen zu müssen, aber ich kann nicht zulassen, dass er irgendwann in der gleichen Situation steckt, wie ich es jetzt tue.

Mit festem Blick und entschlossenen Schritten verlasse ich das Zimmer und gehe auf dem schnellsten Weg zum Haupteingang zurück. Finn folgt mir mit gesenktem Blick. Ich spüre seine Enttäuschung über sich selbst beinahe körperlich und würde mich am liebsten für meine harten Worte entschuldigen. Aber er darf nicht dazu verleitet werden, Zweifel zu entwickeln, wie ich es getan habe.

Tief in meinem Inneren versuche ich, mich gegen das Gefühl zu wehren, dass er genau die Zweifel anspricht, die auch mir immer und immer wieder durch den Kopf schießen.

Der Zweifel gegenüber der Regierung und unserem Auftrag Menschen zu töten.

Wir sind uns ähnlicher, als ich es mir eingestehen möchte. Aber er ist noch neu und formbar.

Vielleicht kann ich wenigstens ihm die Zweifel von Anfang an ausreden und ihn auf den Weg bringen, den die Regierung uns vorgibt. Zumindest hoffe ich, dass ich das kann.

FÜNFZEHN

Andrew

Nach unserem Besuch im Krankenhaus verzieht sich Finn an seinen Arbeitsplatz, um dort den fälligen Bericht zu schreiben. Während meine Mitarbeiter und wahrscheinlich alle anderen Regierungsmitarbeiter heute produktiv sind, verbringe ich den gesamten Nachmittag damit, ins Leere zu starren und über Finn nachzudenken.

Ist es richtig, ihn zu einem gefühlskalten Killer zu machen? Nun ja, einerseits behagt mir der Gedanke an seinen kalten Blick, kurz bevor er die erste Spritze aufgezogen hat, gar nicht, auch wenn diese Einstellung ihm seine zukünftige Arbeit erleichtern wird. Andererseits haben mir seine Tränen gezeigt, dass er eben doch nicht ganz so gefühlskalt ist, wie er hatte wirken wollen. Jedoch können genau diese Emotionalität und sein Hinterfragen unserer Mission ihn in ernste Schwierigkeiten bringen.

Meine Gedanken sind in Aufruhr, immer wieder taucht auch Amelia in ihnen auf.

War es richtig, ihre Akte abzugeben? War Phillip die richtige Wahl? Wird sie ihm etwas erzählen?

Es überrascht mich selbst, dass ich so unsicher bin, was meine Entscheidungen angeht.

Da reißt mich ein Klopfen aus meinem Gedankenstrom. Auf mein halblautes *Herein* schlüpft Finn durch die halb geöffnete Tür. Er legt mir die Akte samt Bericht auf den Schreibtisch und sieht mich erwartungsvoll an.

Ich schnappe mir die zweiseitige Niederschrift der Ereignisse des heutigen Vormittags und überfliege sie. Finns wertfreie, prägnante Darstellung der Geschehnisse überrascht mich. Ich schenke unserem Neuzugang, dessen zweites Subjekt ein voller Erfolg war, wenn man das so ausdrücken mag, ein Lächeln.

„Nicht schlecht. Deine Art, Berichte zu schreiben, gefällt mir."

Finns Lächeln lässt ihn wieder jugendlich wirken.

„Meinst du, deine letzte Akte schaffst du allein?"

Sein Blick wird wieder unsicher, weshalb ich schnell fortfahre.

„Wenn du Fragen bezüglich des Subjektes oder Probleme mit der Ausführung hast, darfst du dich natürlich jederzeit bei mir melden. Aber ich denke, du schaffst das auch allein."

Er nickt lächelnd.

Mit einem Blick zur Uhr schicke ich ihn in den Feierabend, nicht zuletzt, um selbst für den heutigen Tag Schluss machen zu können.

Seufzend schließe ich die Bürotür hinter mir und gehe langsam und in Gedanken versunken den Flur entlang in Richtung Treppenhaus. Den Mann, der mir entgegenkommt, registriere ich erst, als er mich direkt anspricht.

„Na, wie läuft die Säuberungsaktion, Andrew Thompson?"

Die dunklen Augen des neuen Assistenten des Präsidenten mustern mich.

Sehe ich da eine Spur von Zweifel in seinen Augen oder bilde ich mir das nur ein?

Bevor er meine Unsicherheit bemerken kann, antworte ich schnell:

„Es läuft ganz gut. Vier Akten sind bereits abgearbeitet, wobei es bei einem Subjekt leider zu einem kleineren Problem kam, welches aber restlos und unverzüglich gelöst werden konnte. Sie werden den Bericht dazu so schnell wie möglich erhalten."

Mein Blick wandert zu seinen Mundwinkeln, die leicht zu zucken beginnen, sich jedoch beruhigen, bevor er erneut das Wort ergreift.

„Sehr gut. Die Rebellinnen stehen unter Beobachtung, nehme ich an?"

Ich nicke, obwohl mir das eher wie eine Feststellung, als wie eine Frage vorkommt.

„Und die jungen Männer?"

Kurz frage ich mich, woher er so genau weiß, welche Subjekte meine Mitarbeiter und ich bearbeiten. Doch ich wische meine Bedenken sofort beiseite, als mir einfällt, dass die Assistenten Ansprechpartner für die Säuberungsaktion sind und somit wohl auch Einblick in die Akten haben.

„Soweit ich informiert bin, sind meine Mitarbeiter an ihnen dran und werden heute Abend einen ersten Vorstoß wagen."

Jetzt bahnt sich ein geheimnisvolles Lächeln im Gesicht meines Gegenübers an. Ich kann mich im Moment beim besten Willen nicht mehr an seinen Namen erinnern. Er nickt mir zu und setzt seinen Weg fort. Als ich seine Stimme noch einmal höre, bin ich schon fast an der Tür zum Treppenhaus.

„Ich glaube, ich habe vergessen, mich vorzustellen. Mein Name ist George. Jetzt weißt du bei unseren zukünftigen Begegnungen, wie du mich ansprechen kannst."

Ich drehe mich noch einmal um, doch er ist schon in einem der Büroräume verschwunden.

Kopfschüttelnd versuche ich, meine Verwirrung über diese Begegnung loszuwerden und verlasse schnellen Schrittes das Regierungsgebäude.

Die Sonne wandert bereits in Richtung Horizont, als ich durch das Regierungsviertel in Richtung unseres Hauses schlendere. Der frühe Feierabend gibt mir die Möglichkeit, langsamer zu gehen, als gewöhnlich. Die Straßen füllen sich stetig mit Menschen, die meisten sind auf dem Weg nach Hause, einige aber auch zu ihrer Arbeit. Für die Spätschichten gibt es einen Bonus zum teilweise sehr spärlichen Lohn. Ich nehme mir bewusst die Zeit, das Treiben zu beobachten.

Plötzlich registriere ich einige Meter vor mir einen dunklen Pferdeschwanz, der in eine der Nebenstraßen abbiegt. Ein Lächeln erscheint auf meinen Lippen und ich folge ihr unauffällig. Das Szenario erinnert mich an meine missglückte Verfolgung. Doch diesmal würde es anders laufen. Diesmal muss ich ihr nicht folgen, ich will es.

Woher meine Neugier kommt, kann ich selbst nicht genau sagen, jedoch habe ich Spaß daran, sie zu stillen.

Die Verfolgung zieht sich. Sie sieht sich immer wieder um, als würde sie damit rechnen, verfolgt zu werden. Als es schon beinahe dunkel ist, bleibt sie plötzlich stehen. Im ersten Moment denke ich, dass sie mich bemerkt hat und mache mir in Gedanken schon wieder Vorwürfe. Doch dann höre auch ich, was ihre Aufmerksamkeit erregt hat. Es ist nicht die gedämpfte Musik, die aus der Bar zwei Gassen weiter strömt. Es sind auch nicht die leicht lallenden Gespräche der offensichtlich betrunkenen Gruppe junger Leute, die uns entgegenkommt. Es sind merkwürdige Geräusche, die sich in meinem Kopf erst nach einigen Sekunden einem Kampf zuordnen lassen.

Da fällt es mir wie Schuppen von den Augen. Luke hat mir Bericht erstattet von den drei jungen Männern, die sie heute Abend schnappen wollen. Die nahegelegene Bar spielt wohl eine tragende Rolle in ihrem Plan.

Bevor ich in irgendeiner Weise reagieren kann, sehe ich, wie Amelia mit gesenktem Kopf in die nächste Gasse abbiegt. Leise fluchend folge ich ihr.

An der nächsten Ecke bleibt sie stehen und scheint etwas zu beobachten. Die Kampfgeräusche werden lauter, während ich mich ihr langsam von hinten nähere. Ich muss nicht einmal sehen, wer dort kämpft, ich höre sie bereits, ehe ich wenige Schritte von Amelia entfernt ebenfalls den kleinen Platz einsehen kann. Ihre Aufmerksamkeit scheint vollständig auf den Kampf gerichtet zu sein. Die sechs Männer, die vor uns aufeinander einschlagen, sind in der Dunkelheit kaum zu unterscheiden. Dennoch kann ich die drei schwarz gekleideten Gestalten mit Kapuzenpullis sogar von hinten auseinanderhalten. Mike, Luke und Phillip.

Ihr Plan hat offensichtlich nicht so funktioniert, wie sie es sich gewünscht hatten. Die jungen Männer sind nicht so betrunken, wie erhofft. Mein Seitenblick auf Amelia verrät mir, dass sie kurz davor ist, etwas zu unternehmen. Ob sie nun dazwischen gehen oder Hilfe holen will, kann ich nicht mit Sicherheit sagen. Doch dieses Risiko will und kann ich gar nicht erst eingehen.

Leise schleiche ich mich direkt hinter sie, um ihr meine Hand auf den Mund zu pressen und sie festzuhalten. Gerade im richtigen Moment erreicht meine Handfläche ihre weichen Lippen und mein rechter Arm umfängt ihre Taille.

Phillip hat ein Messer gezogen und es seinem Kontrahenten in die Halsschlagader gerammt. Die gurgelnden Geräusche des Mannes, der verzweifelt versucht mit seinen Händen den Blutstrom zu stoppen, lassen mich erschauern. Die anderen Anwesenden starren mit einer bizarren Neugierde den Todeskampf an. Die schreckgeweiteten Augen des Opfers werden trübe, während der Blutstrom aus dem gerissenen Loch nach und nach versiegt und der tote Körper auf den unebenen Pflastersteinen zum Liegen kommt. Die Wächter erwachen aus ihrer Starre. Mike und Luke ziehen ebenfalls Messer hervor und bohren ihre Klingen in die immer noch erstarrten Kontrahenten. Die Einzelheiten dieser surrealen Szene brennen sich in meine Netzhaut, ebenso fällt mir auf, dass Phillips Ärmel hochgerutscht ist und den Blick auf unser Erkennungszeichen freigibt. Das Armband.

Amelia erwacht in meinem Griff zum Leben. Trotz ihrer strampelnden Befreiungsversuche schaffe ich es, sie zurück in die dunkle Gasse zu ziehen, ohne dass meine drei Untergebenen etwas davon mitbekommen. Meine Hand rutscht fast von ihrem leicht geöffneten Mund ab und wir gehen zu Boden. Als sie es schließlich schafft, mir in meine Handfläche zu beißen, schnappe ich mir mit der anderen Hand reflexartig einen losen Pflasterstein und ziehe ihn ihr über den Hinterkopf.

Amelia sackt leblos auf mir zusammen, während ich, angeekelt von mir selbst, den blutigen Stein wegschleudere.

Mein rasender Atem scheint sich nicht beruhigen zu wollen. Schnell kontrolliere ich ihren Puls und bemerke erleichtert, dass sie nur bewusstlos ist. Etwas hilflos schaue ich mich um.

Unser Kampf scheint unbemerkt geblieben zu sein. So befreie ich mich von Amelias Körper und lege sie sanft auf den harten Boden zurück. Die Wunde in meiner Hand blutet nicht, dennoch erscheint sie mir recht tief. Doch dafür habe ich jetzt keine Zeit. Amelia muss verschwinden. Sie darf niemandem von ihrer Beobachtung erzählen, sonst sind wir alle geliefert. Am liebsten würde ich meine angeblich so erfahrenen und unterforderten Mitarbeiter zur Rede stellen und ihnen das Beiseiteschaffen überlassen. Sofort verwerfe ich den Gedanken wieder.

Sie würden Amelia auf der Stelle töten.

Sie muss ja auch sterben, meldet sich die kleine Stimme in meinem Hinterkopf seit einer gefühlten Ewigkeit wieder zu Wort.

Ich versuche, mich zu konzentrieren, doch meine Aufmerksamkeit wird erneut abgelenkt. Die lallenden Stimmen nähern sich der Gasse.

Verdammt. Es wird nicht lange dauern, bis sie die Leichen finden.

„Wir müssen weg von hier", murmle ich vor mich hin. Beinahe zeitgleich kommt mir der rettende Gedanke. Schnell hebe ich Amelias Körper hoch und lege ihn über meine Schulter. Sie ist trotz ihrer schmalen Gestalt ziemlich schwer.

Der Weg ist nicht der kürzeste, doch es ist die einzige Möglichkeit, sie aus dem Weg zu schaffen, ohne sie direkt zu töten.

Also mache ich mich – unter ihrem Gewicht leicht ächzend – auf den Weg durch die hoffentlich schon nächtlich verlassenen Gassen in Richtung der Außenmauer. Genauer gesagt in Richtung einer Zone, die sicherlich schon seit langer Zeit menschenleer ist.

SECHZEHN

An diesem Morgen ist Andrew schon vor dem Weckerklingeln auf den Beinen. Er schaltet den Wecker aus und geht zurück zum Fenster, vor dem er fast die ganze Nacht verbracht hat. Der Blick in die Dunkelheit, die nur stellenweise von der Straßenbeleuchtung unterbrochen wird, lässt Andrew frösteln. Die Frage, wie er weiter mit ihr verfahren soll, hat ihn wachgehalten. Was hat er nur getan?

Mit den Händen vor dem Gesicht, den Kopf schüttelnd, geht Andrew diese Frage immer und immer wieder durch den Kopf.

Ruhig im Bett zu liegen, ist die ganze Nacht unmöglich gewesen. So hat er relativ schnell seinen Platz am Fenster gefunden. Immer wieder unruhig durch sein Zimmer wandernd, die quietschende Stelle im Dielenboden auslassend, um auf gar keinen Fall Jonathan oder seinen Vater zu wecken, geht Andrew erneut seine Möglichkeiten durch. Langsam färbt sich der Himmel vor dem Fenster blasslila, in Erwartung des herannahenden Sonnenaufgangs. Und es ist immer noch keine Lösung in Sicht. Warum hat er sie bloß entführt und eingesperrt?

Eigentlich hätte er sie sofort eliminieren müssen. Schließlich weiß sie jetzt, dass die Regierung Menschen umbringt. Vor seinem Fenster bewegen sich die Äste des Baumes im Wind. Noch ist es still genug, um den Wind um das Haus pfeifen zu hören. Und wieder hört Andrew im Wind die Stimme von Amelia, wie sie um Hilfe ruft und allen Bewohnern der Stadt das Unmögliche, das Undenkbare, verkündet.

„Sie muss zum Schweigen gebracht werden. Aber wie?", flüstert Andrew leise vor sich hin.

Das weißt du. Tote Menschen reden nicht.

Er hat die leise, sarkastische Stimme in seinem Hinterkopf beinahe vergessen, aber natürlich muss sie sich im denkbar ungünstigsten Moment einmischen.

Andrew schüttelt vehement den Kopf und drückt sich die Hände gegen die Schläfen. Ein Geräusch lässt ihn aufhorchen. Sein Blick wandert zur Tür und verharrt dort, bis er sich sicher ist, das Geräusch einordnen zu können. Er hört, von Wänden und Türen des Hauses gedämpft, zwei verschiedene Wecker. Es wird nicht mehr lange dauern, bis sein Vater und Jonathan sich auf den Weg in den Speiseraum machen, um dort zu frühstücken. Andrew schaut wieder aus dem Fenster. Der Himmel ist mittlerweile heller geworden und die ersten Sonnenstrahlen suchen sich ihren Weg über den Horizont. Andrew seufzt tief.

Plötzlich spürt er wieder die Last auf seinen Schultern und ihm wird klar, dass der heutige Tag der schwerste seit langem werden wird.

Er muss das Problem lösen, was in diesem Fall definitiv bedeutet, dass er Amelia ermorden muss. Andrew zuckt zusammen, als er sich dessen bewusst wird. Noch nie hat er es so deutlich benannt, doch wenn man es einmal nüchtern betrachtet, ist die Säuberungsaktion nichts anderes als das. Die Ermordung von Menschen, die der Regierung oder genauer gesagt dem Präsidenten unbequem sind oder ihnen unnütz und wertlos erscheinen.

Geräusche aus dem Erdgeschoss reißen Andrew aus seinen Gedanken. Es hat sich angehört, als wäre etwas zu Bruch gegangen. Kurz darauf ertönen die erzürnten Worte seines Vaters. Andrew atmet tief ein und aus und verdrängt seine Gedanken, verbirgt sie, wie er es schon oft getan hat, unter einer gleichgültigen Maske.

Als er den Speiseraum betritt, fällt sein Blick sofort auf Susan, die auf dem Boden kniet und sich bemüht, den braunen Kaffeefleck aus dem teuren, gewebten Teppich zu entfernen. Er schaut kurz zu seinem Vater und Bruder, ehe er sich mit einem gemurmelten Gruß auf seinen Stuhl gleiten lässt. Da keine Reaktion kommt, schaut Andrew aus dem Augenwinkel zu Jonathan hinüber. Auch dieser hält den Kopf gesenkt, offensichtlich voll und ganz auf sein Frühstück konzentriert. Der Hausherr muss heute besonders schlecht gelaunt sein. Andrew wagt es nicht, seinen Vater anzusehen, bis Susan kurze Zeit später verschüchtert neben ihm steht, um ihm sein übliches Frühstücksei und den Kaffee zu servieren. Er lächelt sie an, bekommt jedoch nur ein kurzes Zucken ihrer Mundwinkel zurück. Die Standpauke seines Vaters muss heftig gewesen sein. Endlich wagt Andrew einen längeren Blick zu seinem Vater, der mit hochrotem Kopf und verbissenem Gesichtsausdruck sein Frühstücksei verspeist. Zumindest scheint das nach seinem Geschmack zu sein. Andrew beobachtet ihn und sieht, dass seine Gesichtszüge sich entspannen und die rote Gesichtsfarbe langsam wieder in ein Rosa übergeht. Ein paar Bissen später findet er auch seine Sprache wieder.

„Na Jonathan, wie läuft es bei der Arbeit?"

Jonathan setzt gerade zu einer Antwort an, als der große Bildschirm an der Stirnseite des Raumes sich selbstständig anschaltet. Der stolze Hirsch, das Zeichen des Präsidenten, erscheint und nachdem die Hymne der Stadt verklungen ist, beginnt die allmorgendliche Ansprache des Präsidenten. Er erinnert die Bürger der Stadt daran, welches Glück sie haben, in dieser Gesellschaft einen Platz gefunden zu haben, und dass jeder seinen Teil dazu beitragen muss. Inhaltlich ist es jeden Morgen das Gleiche, lediglich der Wortlaut ändert sich. Andrews Blick ruht auf dem Bildschirm, jedoch ohne ihn wirklich zu sehen. Seine Gedanken wandern erneut zu Amelia.

Plötzlich verändert sich das Bild auf dem Bildschirm. Der Präsident verschwindet und eine andere

Szene wird eingeblendet. Eine dunkle Straßenecke. Eine Bar, aus der drei angetrunkene Männer herauskommen.

Jonathan und Andrews Vater geben erstaunte Laute von sich. Andrew kneift die Augen zusammen im Versuch, zu erkennen, wo sich die Szene abspielt, obwohl er bereits jetzt ein sehr ungutes Gefühl in der Magengegend verspürt.

Im nächsten Augenblick tauchen drei schwarz gekleidete Männer auf dem Bildschirm auf. Sie sind vermummt und greifen die Betrunkenen an. Andrew läuft ein eiskalter Schauer den Rücken herunter. Er weiß, wie die Szene enden wird. Sein Blick wandert unauffällig und vorsichtig zu seinem Vater hinüber, der genauso erschrocken dreinblickt wie Jonathan. Dann bemerkt Andrew, aus welchem Winkel der Kampf aufgenommen wurde und versucht angestrengt, die Ecke auszumachen. Die Ecke, hinter der Amelia gestanden hat, hinter der er sie überwältigt und entführt hat. Was wird passieren, wenn das auf der Aufnahme zu sehen ist? Er war nicht vermummt, im Gegensatz zu seinen etwas übereifrigen Mitarbeitern. Doch die Aufnahme zoomt jetzt näher auf den Kampf der Männer. Plötzlich rutscht bei einem der vermummten Männer der Ärmel ein kleines Stückchen hoch und gibt den Blick auf das Handgelenk frei. Das silberne Armband mit dem Hirsch reflektiert das Licht einer Straßenlaterne. Eine Sekunde später ist der Bildschirm schwarz. Doch diese Sekunde hat gereicht. Alle Menschen, die in

156

diesem Moment vor den Bildschirmen waren, haben das Armband gesehen. Das Erkennungszeichen der Regierung. Jemand, der nicht in Regierungskreisen tätig ist, sieht nur drei Regierungsmitglieder, die einen Kampf mit Betrunkenen austragen. Alle anderen wissen, um was es sich bei dieser Szene handelt.

So wie Andrews Vater, der jetzt erneut knallrot anläuft und nach Luft schnappt, so wie er es immer tut, wenn er richtig sauer ist. Kurz bevor ein wütender Wortschwall aus ihm herausbricht, wie die Lava aus einem Vulkan, schauen Andrew und Jonathan sich an. Jonathans Blick zeigt Fassungslosigkeit und Wut. Andrew lässt die folgende Schimpftirade mit gesenktem Kopf über sich ergehen.

Andrews Vater hat sich bereits beinahe heiser geschrien, als Susan sich schüchtern Gehör verschafft.

„Entschuldigen Sie. Der Präsident ist hier."

Augenblicklich verstummt Andrews Vater. Schnell erhebt er sich, um den Präsidenten zu begrüßen, der in diesem Moment hinter Susan den Raum betritt.

„Isaac. Was verschafft mir die Ehre?"

Isaac Ross sieht ihn argwöhnisch an.

„Ich denke, das weißt du schon, John. Aber ich möchte eigentlich mit deinem Sohn sprechen."

Er muss nicht sagen, welchen Sohn er meint. Alle Blicke wandern zu Andrew. Dieser schluckt schwer.

„Herr Präsident, was kann ich für Sie tun?"

Isaac schaut ihn wütend an. Andrew kann jedoch auch die Besorgnis in seinen Augen sehen.

„Ich denke, wir brauchen uns nicht darüber zu unterhalten, warum ich hier bin. Ich möchte von dir nur versichert haben, dass du dich eindringlich mit deinen Untergebenen unterhältst. So etwas darf nie wieder vorkommen, verstehst du das? Die Leichen der drei angetrunkenen Männer wurden nicht weit von der Bar entfernt in Müllcontainern gefunden. Seit wann handelt ihr so unüberlegt und auffällig? Durch solche Unachtsamkeiten bringst du unsere ganze Gesellschaft in Gefahr. Hast du etwa die Geheimhaltungsstufe der Säuberungsaktion vergessen?"

Der Präsident fixiert ihn mit seinem strengen Blick und Andrew rutscht unbehaglich auf seinem Stuhl hin und her.

„Nein, Herr Präsident. Das habe ich nicht vergessen. Ich werde alles in meiner Macht Stehende tun, um diesen Fehler wiedergutzumachen."

Er scheint unbeeindruckt und fährt fort ohne darauf einzugehen.

„Ich werde die Säuberungsaktion vorerst stoppen. Mein Assistent wird noch heute die Meldung herausgeben, dass vor einigen Wochen einige Armbänder entwendet wurden und die Regierung sich dafür einsetzt, diese brutalen Morde so schnell wie möglich aufzuklären. Jedoch wird es auch interne Ermittlungen dazu geben."

Andrew nickt. Isaac Ross wendet sich wieder dem Hausherrn zu.

„John, da wäre noch eine Sache, die ich mit dir besprechen möchte."

Der Angesprochene nickt wissend.

„Wir können auch hier sprechen. Vor Jonathan habe ich keine Geheimnisse."

Das ist Andrews Stichwort. Er erhebt sich schnell und verlässt den Raum. Die Tür lehnt er nur an und bleibt direkt davor stehen.

„Ich bin besorgt, John. Ich habe schon längere Zeit das Gefühl, dass nicht mehr alle Regierungsmitarbeiter vollständig hinter mir und unserer Gesellschaftsphilosophie stehen."

„Aber Isaac, das wäre Hochverrat. Glaubst du wirklich, jemand würde die Strafe dafür auf sich nehmen wollen?"

Ein tiefes Seufzen des Präsidenten ertönt.

„Die Beweise häufen sich. Es muss jemand aus den inneren Kreisen sein. Wie sonst erklärst du dir das, was heute Morgen während der Ansprache passiert ist?"

Schritte. Eine kurze Pause. Erneut Schritte. Jemand scheint auf und ab zu laufen.

„Ein Maulwurf in der Regierung, ist das zu glauben? Hast du schon eine Spur, Isaac?"

Eine kurze Pause, in der Andrew noch etwas näher mit dem Ohr an die Tür heranrückt.

„Noch nicht. Ich habe meine beiden Assistenten darauf angesetzt. Aber ich werde die nächsten Tage viel zu erklären haben. Obwohl wir, wie du ja weißt, in den äußeren Sektoren leicht zeitversetzt senden, konnten wir die Übertragung nicht rechtzeitig stoppen. Jeder hat das Armband gesehen."

Mit einem erneuten, resignierten Seufzen lässt sich der Präsident auf einen leise knarzenden Stuhl fallen.

Andrew beschließt, dass er genug gehört hat und geht leise die Treppe hinauf in sein Zimmer. Dort angekommen, schnappt er nach Luft. Ihm war nicht einmal aufgefallen, dass er fast die ganze Zeit den Atem angehalten hatte, doch jetzt schwankt der Raum vor seinen Augen und helle Lichtpunkte tanzen durch sein Blickfeld. Nachdem sich sein Kreislauf wieder beruhigt hat, geht Andrew, immer noch unsicher und leicht schwankend, zu seinem Schreibtisch am anderen Ende des Raumes. Seine Arbeitsmaterialien, größtenteils die Einzelteile einer Kopie von Amelias Akte, sind über die hölzerne Tischplatte verteilt. Einige Seiten liegen auf dem Boden, die hatte er wohl in einem kleinen nächtlichen Verzweiflungsausraster vom Tisch gefegt. Schnell sammelt Andrew die Papiere zusammen und verstaut sie in seiner Tasche. Dabei fällt sein Blick auf ein ihm wohlbekanntes Bild, welches er in letzter Zeit in Gedanken durch das Bild von Amelia ersetzt hat. Beim Blick in ihre warmen, hoffnungsvollen Augen fragt sich Andrew einmal mehr, wie Amelia es geschafft hat, seine eigene Mutter aus seinem Kopf zu verdrängen. Ob seine Mutter ihn wohl verstehen würde, wenn er Amelia nicht als Subjekt betrachten würde, sondern als ein Mädchen, das statt dem Tod die Chance auf eine Zukunft verdient hat? Würde sie ihn dann immer noch so liebevoll anschauen, wie er es in Erinnerung hat?

Mit einem tiefen Seufzer beendet Andrew dieses Gedankenexperiment und verlässt sein Zimmer.

Im Flur und auf der Treppe nach unten lauscht er angestrengt, ob sein Vater und der Präsident noch in ihre Unterhaltung vertieft sind. Direkt vor der Tür bleibt er stehen, um erneut zu horchen. Es sind keine Stimmen mehr zu hören, also betritt er leise den Raum, ohne zu ahnen, dass er geradewegs in die Höhle des Löwen eintritt.

Sein Vater und sein Bruder sitzen schweigend am Tisch und starren ihm entgegen. Die Gesichtsfarbe Jonathans steht der seines Vaters in nichts nach. Der in diesem Moment völlig unpassende Vergleich mit überreifen Tomaten schießt Andrew durch den Kopf und er kann sich ein ganz kleines Schmunzeln nicht verkneifen. Doch dieses kleine Zucken seiner Mundwinkel bringt das Fass zum Überlaufen. Das Gesicht seines Vaters wird noch eine Spur roter, sein Blick noch etwas stechender, wie der Blick eines Adlers, Sekunden, bevor er auf seine Beute herabstürzt.

SIEBZEHN

Andrew

Wieder sitze ich schon früher als gewohnt an meinem Schreibtisch und
warte mit wütender Miene auf meine
Mitarbeiter. Das rhythmische Trommeln meiner
Finger auf dem Holz macht mich wahnsinnig, doch
ich bin auch nicht in der Lage, damit aufzuhören.
Aber vielleicht ist das ja gut, denn so bleibt wenigstens meine Stimmung genauso düster und aggressiv,
wie sie sein soll. Die Standpauke meines Vaters war
schlimmer, als jemals zuvor. Aber wie kann ich es
ihm auch verdenken, die unbedachte Aktion meiner
drei Erfahrenen kann unser ganzes, ohnehin schon
wackliges Regierungssystem zum Einsturz bringen.
Mit einem verächtlichen Schnauben denke ich daran,
wie viele Subjekte diese drei schon ausgeschaltet
haben, ohne das kleinste bisschen Aufmerksamkeit
auf sich zu ziehen. Ein kleiner Teil von mir will sie in
Schutz nehmen und sucht nach möglichen Verrätern,
insbesondere solchen, die einen Grund gehabt hatten, die Geschehnisse des letzten Abends zu filmen
und zu veröffentlichen und damit die Regierung in
Gefahr zu bringen. Der viel größere Teil von mir
wird jedoch von meiner Wut beherrscht. Wut auf

die, die es eigentlich hätten besser wissen müssen. Die, die eigentlich erfahren genug und nicht so leichtsinnig gewesen sein sollten, eine solche Aktion zu starten. Und die sie vor allem hätten erfolgreich und mit höchster Diskretion beenden müssen. Als Oberster Wächter muss ich natürlich die Verantwortung für die Vorfälle übernehmen. Das heißt jedoch nicht, dass ich meine Wut intern nicht an den Schuldigen auslassen kann. Direkt nach der Standpauke meines Vaters habe ich noch von zu Hause aus eine Nachricht mit höchster Prioritätsstufe an alle Wächter geschickt und sie noch vor Arbeitsbeginn in mein Büro bestellt, ohne jedoch den Grund dafür zu nennen.

Mein Blick wandert zu meinem Monitor, auf dem die komplette Aufnahme in Endlosschleife läuft. Sie war dem Präsidenten von einem unbekannten Absender zugespielt und von ihm direkt an mich weitergeleitet worden. Die ersten Durchläufe habe ich mich darauf konzentriert zu erkennen, ob nicht vielleicht doch Amelia oder ich auf dem Film zu sehen sind. Doch glücklicherweise ist das nicht der Fall.

Ein Klopfen an der Bürotür kündigt meine Besucher an, welche ich gereizt hereinbitte. Mike, Luke und Phillip betreten gutgelaunt und etwas verschlafen mein Büro und halten mir ihre Berichte hin. Finn folgt ihnen langsam und schließt die Tür hinter sich. Meine Augen wandern von einem der drei Spaßvögel zum nächsten, während sie mir immer noch breit grinsend ihre abgearbeiteten Akten entgegenhalten.

Ich schnappe mir die Dokumente und werfe sie achtlos auf meinen Schreibtisch.

„Glaubt ihr wirklich, ich habe euch hierher zitiert, um mir eure Berichte durchzulesen? Was auch immer darin steht, wird wohl kaum dem entsprechen, was wirklich passiert ist. Was habt ihr euch eigentlich dabei gedacht?"

Während meiner ersten Worte, die ich ihnen entgegen schreie, bin ich um meinen Schreibtisch herumgelaufen und stehe jetzt direkt vor ihnen. Das Grinsen ist ihnen vergangen und sie sind alle einen Schritt zurückgetreten. Ein wenig Genugtuung breitet sich in mir aus. Mike ist der Mutigste. Er schaut mich fest, jedoch mit ein wenig Unsicherheit im Blick an.

„Wovon redest du?"

Meine Wut erfüllt mich wieder vollständig und ich muss meinen Blick kurz abwenden, um nicht komplett die Fassung zu verlieren. Ich muss mich zusammenreißen und die Worte kommen nur stockend zwischen meinen zusammengebissenen Zähnen hervor.

„Ihr. Habt. Also. Keine. Ahnung. Wovon. Ich. Rede? Dann habt ihr heute Morgen also auch die präsidiale Ansprache nicht gesehen?"

Meine vier Wächter tippeln unruhig von einem auf den anderen Fuß. Keiner von ihnen kann mir ins Gesicht sehen. Finn tut mir fast leid. Er kann nun wirklich nichts dafür, jedoch kann ich ihn hier nicht raushalten. Er muss wissen, was passiert ist und vor allem, wie ich als Oberster Wächter damit umgehe. Ich bin mir sicher, dass er die Ansprache gesehen hat, sich jedoch nicht traut, irgendein Geräusch von sich zu geben.

„Ich werde jetzt mal davon absehen, dass das Vorschrift ist, aber dann schaut euch ruhig mal an, was heute Morgen auf den Übertragungsbildschirmen in der ganzen Stadt zu sehen war."

Mit diesen Worten drehe ich meinen Monitor zu ihnen, damit sie sehen können, wovon ich rede.

Vor allem Mike scheint schockiert, Luke und Phillip schauen betreten auf den Boden.

„Aber ... aber das wurde nicht komplett gesendet, oder?" Am liebsten würde ich Mike noch ein wenig mehr Angst einjagen, andererseits scheint er ernsthaft besorgt zu sein. Also beschließe ich, es gut sein zu lassen und antworte ihm mit ruhiger Stimme.

„Bis zu der Stelle mit dem Armband wurde gesendet. Das danach nicht."

Auch an die anderen gewandt, fahre ich fort.

„Ihr wisst, dass ich so eine Aktion niemals gutgeheißen hätte ...".

Jetzt scheint Luke seine Sprache wiedergefunden zu haben. Er zeigt deutlich mehr Respekt als sonst.

„Ich habe dir doch Bericht erstattet und gesagt, dass wir vorhaben, sie zu eliminieren."

Mir fällt seine gezielte Wortwahl auf. Ich seufze.

„Ihr habt nie davon gesprochen, sie gleichzeitig anzugreifen. Aber nun gut. Wir können das nicht mehr rückgängig machen. Davon abgesehen, ist das nicht unser einziges Problem."

Ich warte auf eine Reaktion, sie schauen mich jedoch nur fragend an.

„Amelia hat euch auch beobachtet."

Zu spät fällt mir auf, dass ich ihren Namen ausgesprochen habe. In unserer Abteilung werden Subjekte niemals mit Namen angesprochen. Die fragenden Blicke, die sie jetzt untereinander austauschen, entgehen mir nicht, also fahre ich schnellstens fort.

„Subjektnummer 587369. Genau, Phillip, deine neue Akte."

Sein hektisch flackernder Blick findet keinen Fixpunkt.

„Keine Sorge, ich habe mich darum gekümmert. Sie ist in der verlassenen Zone, im Herrenhaus."

Drei wissende Blicke schauen mir entgegen. Finn hingegen scheint reichlich verwirrt zu sein. Mir bleibt jedoch keine Zeit, ihn aufzuklären.

„Ist sie tot?", fragt Phillip und es klingt fast ein wenig enttäuscht. Doch die Enttäuschung in seinem Blick verschwindet sofort wieder, als er meine Antwort hört.

„Nein. Ich wollte nicht noch mehr Tote in dieser Nacht. Sie war bewusstlos, als ich sie dorthin gebracht habe. Sie wird nicht wissen, wo sie ist, falls sie aufwacht."

Tief durchatmend bemerke ich, dass ich an diesem Morgen sogar vergessen habe das Fenster zu öffnen, was ich sogleich nachhole. Dabei fällt mir der wichtigste Punkt ein, den ich bei unserer Zusammenkunft ansprechen wollte.

„Da wäre noch etwas. Ich hatte heute Morgen eine persönliche Unterredung mit dem Präsidenten. Seine Anweisungen waren klar und deutlich. Die Säuberungsaktion wird bis auf Weiteres gestoppt. Das heißt: keine Verfolgungen, keine Nachforschungen und erst recht keine Eliminierungen. Verstanden?" Allgemeines Nicken.

„Nun gut, das war's für heute. Ihr könnt gehen."

ACHTZEHN

Amelia

Tropf. Platsch. Tropf. Platsch...

Das wiederkehrende Geräusch hallt laut in meinem Kopf. Ich verziehe mein Gesicht. Rafe muss den Wasserhahn im Badezimmer wieder reparieren. Das Tropfen ist echt nervtötend. Ich will mich wieder umdrehen und weiterschlafen. Doch ein leichtes Ziehen an beiden Handgelenken scheint dies unmöglich zu machen. Plötzlich bin ich hellwach und reiße schlagartig meine Augen auf. Das ist nicht unser altes, etwas heruntergekommenes Haus. Wo bin ich? Leicht panisch sehe ich mich um, als blitzartig die Erinnerung an den vergangenen Abend zurückkommt.

Er ist es gewesen. Der, dessen Namen ich noch immer nicht kenne. Der, der mich schon länger verfolgt und den ich sogar dabei erwischt habe. Vielleicht ist das jetzt meine Strafe für das entwendete Buch oder für meine unerlaubte Anwesenheit in den heiligen Hallen der Bibliothek? Aber das kann doch nicht allen Ernstes der Grund dafür sein, dass er mich entführt hat? Oder etwa doch? Oder aber, er ist ein Psychopath und ich bin sein Opfer.

Beim Gedanken daran, schlucke ich die Spucke, die sich in meinem Mund gebildet hat, hinunter. Schnell versuche ich, mein Wissen über Psychopathen abzurufen. Mangel an Empathie, keine Angst vor den Konsequenzen ihres Handelns, Neigung zu Aggressionen. Viel mehr fällt mir in diesem Moment nicht ein. Ich kneife die Augen zusammen und versuche die leichte Panik, die in mir aufsteigt, zu unterdrücken. Um mich abzulenken, atme ich tief ein und aus und lasse meinen Blick langsam durch den Raum wandern. Von der Decke über mir sind teilweise nur noch die schon etwas morsch aussehenden Holzbalken übrig. Darüber spannt sich das ebenso löchrige Dach, durch das die Feuchtigkeit und der Regen wohl schon seit längerer Zeit ungehindert eindringen. Von den noch vorhandenen Wänden blättert teilweise die Tapete ab, während an anderen Stellen die Mauern bereits komplett verfallen sind. Ich fröstele und ziehe die Schultern hoch. Irgendwo müssen auf jeden Fall auch Fenster oder gar die Außenwand beschädigt sein, sonst würde es nicht so durchziehen.

Plötzlich höre ich das Geräusch kleiner tapsender Füßchen und das Kratzen von kleinen Krallen. Ich bekomme eine Gänsehaut. Als ich mich wieder auf das Geräusch konzentrieren will, ist es weg. Vielleicht habe ich es mir ja nur eingebildet. Der Boden ist auch in sehr schlechtem Zustand. Einige morsche Holzdielen haben bereits aufgegeben und sind eingebrochen. In der Ecke liegt noch ein von Motten zerfressener Teppichrest. Die Farbe erinnert mich an den ekligen Brei, den die Patienten im Krankenhaus auf meiner Station oft zu essen bekommen. Meine Ohren konzentrieren sich auf das wiederkehrende Platschen und meine Augen suchen die dazugehörige Pfütze. Doch ich kann sie nirgends entdecken. Das rhythmische Geräusch, das vor wenigen Minuten noch ziemlich nervig gewesen ist, hilft mir jetzt, mich zu konzentrieren. Was ist gestern Abend geschehen? Warum bin ich an diesen unbequemen Stuhl gefesselt? Ungeduldig ziehe ich an meinen Handfesseln, welche sich nach einem etwas dickeren Seil anfühlen. Ich konzentriere mich wieder auf die fallenden Wassertropfen.

Plitsch. Platsch. Plitsch...

Mit jedem auftreffenden Tropfen werden die Erinnerungen klarer. Die Männer vor der Bar. Der Kampf. Das Armband. Und dann schließlich er. Langsam steigt Wut in mir auf, während sich in meinem Kopf die einzelnen Puzzleteile zu einem klaren Motiv verbinden. Die Regierung greift offensichtlich wahllos Leute an. Ich habe sie gesehen und bin jetzt hier, also sollte die Aktion wohl im Geheimen ablaufen. Aber wenn ich jetzt davon weiß, dann ...

„Nein, jetzt bloß nicht daran denken", sage ich laut in die Stille, um die aufsteigende Angst zu unterdrücken. Probehalber ziehe ich nochmal meine Hände auseinander und spüre mit einem Gefühl der Erleichterung, dass das Seil wohl nicht übermäßig fest angezogen ist. Immer mehr Kraft einsetzend, ziehe ich meine Hände Millimeter um Millimeter weiter auseinander. Der Strick löst sich langsam. Ich spüre, wie die Haut an meinen Handgelenken ganz langsam abgeschabt wird und unterdrücke einen Schmerzenslaut, als das Seil das erste Mal auf mein rohes Fleisch trifft. Ich beiße die Zähne zusammen.

„Komm schon, nur noch ein Stückchen", versuche ich mich zu motivieren. Meine Arme und Schultern tun schon weh von der Anstrengung und meine Handgelenke brennen wie Feuer. Trotzdem schaffe ich es, die Schlaufe so groß zu ziehen, dass ich meine Hände herausbekomme. Dabei reiße ich mir an der Stuhllehne den linken Handrücken auf, als der Druck des Seils plötzlich nachlässt.

„Au verdammt!", fluche ich. Doch dann stocke ich. Mein Entführer scheint nicht besonders clever zu sein. Denn meine Beine sind nicht gefesselt. Oder ist das etwa Absicht? Ohne länger darüber nachzudenken, verlasse ich den Raum. Rechts von mir schlängelt sich eine altersschwache Wendeltreppe, die wahrscheinlich nicht mal Caelan getragen hätte, in den oberen Stock hinauf. Links von mir hängt eine Tür schräg in den Angeln. Der Luftzug, der zwischen Türrahmen und Tür durchzieht, zeigt mir den Weg nach draußen an.

Die vermoderte Terrasse hinterm Haus hat dank der geschwungenen Säulen, die einen Balkon stützen, immer noch ein wenig Charme. Jedoch bekom-

171

me ich plötzlich ein mulmiges Gefühl und ich frage mich, wie lange die Säulen wohl noch halten werden. Schnell setze ich mich in Bewegung und schaue mich zum ersten Mal richtig in meiner Umgebung um.

Neben dem verfallenen Haus, in dem ich gefangen gehalten wurde, gibt es noch einige andere, die ebenfalls ausnahmslos in schlechtem Zustand sind. Alle Häuser stehen an einer alten Straße, die ich kaum mehr als solche erkenne. Die Teerschicht ist an zahllosen Stellen aufgeplatzt und hat den Weg frei gemacht für irgendwelche Gräser und Pflanzen. Langsam aber sicher bahnt sich eine Erkenntnis ihren Weg in mein Bewusstsein: Ich bin im verlassenen Abschnitt. In der Schule hatten wir davon gehört. Vor der Atomkatastrophe hatte es überall Orte gegeben. Doch währenddessen und danach wurden sie zurückgelassen und die Natur hat sich mittlerweile ihren rechtmäßigen Platz zurückerobert.

Plötzlich steigt wieder Panik in mir auf. Hat er mich etwa an einen der verlassenen Orte gebracht? Dann bin ich verloren. Ungesehen komme ich niemals zurück in die Stadt. Ich versuche, mich an die entsprechende Unterrichtseinheit in der Schule zu erinnern. An welchem Stadtrand war ein Teil eines verlassenen Ortes innerhalb der Mauer?

Gerade als ich glaube, mir würde die Antwort einfallen, höre ich Schritte und laute Stimmen, die näherkommen. Schnell verstecke ich mich hinter einem Baum. Drei dunkel gekleidete Gestalten tauchen in der Nähe auf und laufen recht zielsicher auf das Haus zu, in dem ich gerade noch gefangen war. Ich versuche, ihre Gesichter einzuordnen. Mein Verfolger ist definitiv nicht dabei. Aber die Gestalt der Männer kommt mir bekannt vor. Noch bevor ich das glänzende Armband am Handgelenk des Mannes sehe, der am dichtesten an mir vorbeiläuft, wird mir schlagartig klar, wer sie sind.

Diese Typen habe ich gestern Abend beobachtet, schießt es mir durch den Kopf. Heute treten sie allerdings etwas weniger selbstbewusst auf. Ihre Schultern hängen etwas, als sie die ehemals schöne Terrasse betreten. Einer geht in das Haus, ehe er kurz darauf wieder herausrennt.

„Verdammt, wo ist das Biest?" Alle schauen sich hektisch um. Der Blick des Redners fällt auf den Boden und er geht in die Hocke. Mit einem Grinsen steht er wieder auf und dreht sich zu seinen Kumpanen um.

„Das Miststück hat sich verletzt. Weit wird sie nicht kommen. Findet sie!"

Mein Herz klopft wahnsinnig laut in meinen Ohren. Ich wundere mich, dass sie es nicht hören. Schnell lasse ich meinen Blick über die zugewachsene Straße schweifen, um einen Ausweg zu finden. Wenn ich schnell bin, schaffe ich es bis in den Wald, der hinter der übernächsten Häuserreihe beginnt. Ich wende mich nochmal den Typen zu. Panik steigt in mir auf, denn ich kann nur noch zwei von ihnen sehen, die von Haus zu Haus rennen und jede Tür ausprobieren. Doch wo ist der andere?

In dem Moment, in dem ich die Schritte hinter mir höre, ist es auch schon zu spät. Zwei starke Pranken umfassen meine Oberarme und heben mich aus der Hocke.

„Na, was machst du denn da?", höre ich eine gehässige Stimme direkt neben meinem Ohr. Die anderen beiden haben auch schon bemerkt, dass ihr Kumpan mich entdeckt hat. Ich hole tief Luft und setze zu einem Schrei an. Der Mann hinter mir presst mir blitzschnell seine leicht schwitzige Hand auf den Mund, bevor auch nur der leiseste Ton aus meiner Kehle dringen kann. Auch mein Treten und Schlagen zeigt keinerlei Wirkung.

„Jetzt spielst du mal mit den großen Jungs", gibt der Schraubstock hinter mir gehässig von sich. Mit jedem Schritt wieder zurück in Richtung meines Gefängnisses wird meine Angst größer.

Meine müden Augen überfliegen den Stapel an Papieren, die sich auf meinem Schreibtisch türmen. Seit die Säuberungsaktion gestoppt worden ist, hat sich mein Arbeitspensum verdreifacht.

Stellungnahmen, Berichte, Besprechungen, Anträge. Der ganze Papierkram scheint mich zu verschlingen. Und alles nur wegen der Unachtsamkeit meiner erfahrenen Wächter. Keinen von ihnen habe ich seit meiner Standpauke am Morgen danach mehr gesehen. Auch wenn ich mich bei Finn gerne entschuldigt hätte, da er ja keinerlei Schuld an unserer derzeitigen Situation trägt. Doch ein Gutes hat es: Er hält sich seither tunlichst von mir fern. So lang wie meine To-Do-Liste zurzeit ist, hätte ich ihm so oder so nicht die nötige Aufmerksamkeit schenken können.

Sie scheinen alle vier recht ausgelaugt zu sein. Zumindest haben sie diesen Eindruck auf mich gemacht, als ich sie am Vorabend über den großen Vorplatz des Regierungsgebäudes habe laufen sehen. Auch an mir sind die letzten Tage nicht spurlos vorbeigegangen. Gähnend schaue ich auf die Uhr und bemerke, dass es immer noch vormittags ist, auch wenn mein Müdigkeitslevel viel eher dem späten Abend entspricht.

„Eine Pause würde mir guttun", murmle ich in die Stille des Raumes hinein. Doch mit einem Blick auf den noch nicht geschrumpften Papierberg, verwerfe ich den Gedanken wieder und beschließe, nur kurz einige Atemzüge Frischluft an meinem geöffneten Fenster zu nehmen, um wieder wacher zu werden. Kaum spüre ich den kühlen Luftzug, fühle ich mich auch schon besser. Die Vögel im Baum gegenüber sind ungewöhnlich still. Normalerweise halten sie vormittags immer ihr Pfeifkonzert ab, welches mich manchmal sogar dazu zwingt, die Fenster zu schließen, um konzentriert arbeiten zu können. Verwundert kehre ich zu meinem Schreibtischstuhl zurück und lasse mich fallen. Einem inneren Impuls folgend, wende ich mich meinem Monitor zu und öffne die Ortungssoftware. Ihr Code ist schnell eingegeben, der Punkt pulsiert erwartungsgemäß in der verlassenen Zone, wo ich sie zurückgelassen habe. Das piepsende Warngeräusch ertönt in dem Moment, als ich ihre Vitalwerte sehe. Sie spielen verrückt. Ihr Herzschlag ist beschleunigt, die Sauerstoffsättigung sinkt. Mit zusammengezogenen Augenbrauen verharre ich kurz vor dem Bildschirm, ehe ich dem übermächtig werdenden Drang nachgebe. Ohne mich auch nur einmal umzusehen, verlasse ich das Regierungsgebäude und mache mich auf den Weg zu ihr.

◆◆◆

Schon bevor ich die hölzerne Veranda betrete, bemerke ich, dass etwas nicht stimmt. Die Tür steht offen und ich höre drei mir wohlbekannte Stimmen.

„Können die drei mir eigentlich nur Ärger bereiten?", stoße ich zwischen meinen zusammengebissenen Zähnen hervor. Schnell überquere ich den bereits recht morsch wirkenden Vorbau und betrete das verfallene Haus. Kurz halte ich inne, um mich zu orientieren, da höre ich sie. Sie schnappt nach Luft und versucht wohl, sich zu befreien. Doch gegen drei starke Männer hat sie keine Chance.

Mein Herzschlag beschleunigt sich spürbar. Schnell laufe ich den Flur entlang, den Stimmen entgegen, und stoße die schief in ihren Angeln hängende Tür auf. Die Szene, die mich dahinter erwartet, schockiert mich. Das alte Badezimmer verfügt noch immer über eine Badewanne, die mit Wasser gefüllt ist, welches offensichtlich durch das löchrige Dach eingedrungen sein muss. Davor kniet Amelia mit auf dem Rücken zusammengebundenen Händen. Ihre nassen Haare fallen ihr strähnig ins Gesicht, während sie schwer atmend versucht, Sauerstoff in ihre Lungen zu pumpen. Sie ist umringt von meinen drei Wächtern, sie halten sie fest und schreien sie an. Ich bin so geschockt, dass ihre Worte nicht zu mir durchdringen, aber es scheint, als wollten sie irgendwelche Antworten aus ihr herauspressen. Da sie diese nicht bekommen, schnappt Luke sich Amelias Hinterkopf und will ihn erneut in das schmutzige, grünliche Wasser der Badewanne drücken.

„Stopp!"

Bevor ich merke, dass es meine Stimme ist, die die vier erschrocken zusammenfahren lässt, schauen mich drei Augenpaare wütend an. Luke stößt Amelia von sich, die keine Möglichkeit hat, sich abzufangen und deshalb hart mit dem Kopf auf dem Boden aufschlägt. Mein Blick ruht auf ihr und so bemerke ich zunächst nicht, wie die anderen drei auf mich zukommen. Dann ergreift Mike das Wort.

„Was ist das Problem? Sie hat uns doch gesehen und da sie eh ein Subjekt ist, ist es doch egal, wann sie stirbt."

Er mustert mich argwöhnisch, während ich ihm ruhig antworte.

„Mein Problem ist, dass ihr gerade einen Befehl von ganz oben ignoriert. Der Präsident selbst hat angeordnet, die Säuberungsaktion vorerst einzustellen und wenn ich mich richtig erinnere, habe ich euch das bereits vor ein paar Tagen mitgeteilt."

Wütend starren sie mich an, als wüssten sie nicht, wie und warum sie sich rechtfertigen sollten. Schließlich bricht Phillip mit einem spöttischen Grinsen das Schweigen.

„Wer sagt, dass wir sie töten wollten? Du kannst froh sein, dass wir zufällig da waren. Deine Gefangene wollte gerade abhauen, als wir kamen. Außerdem verhören wir sie doch nur. Laut Akte ist sie eine Rebellin."

„Auch das habe ich untersagt. Wenn bei der Laienhaftigkeit, die ihr in der letzten Zeit an den Tag gelegt habt, etwas schief geht, haben wir wieder eine Leiche. Wie sollen wir das dann erklären? Ich werde nicht schon wieder meinen Kopf für euch hinhalten. Einen weiteren Fehltritt von euch und ich werde einen Bericht an den Präsidenten schicken."

Meine autoritäre Stimme und die Drohung zeigen Wirkung. Sie weichen zurück, doch Luke gibt nicht so leicht klein bei.

„Du willst doch offensichtlich gar nicht, dass sie stirbt. Deshalb wolltest du auch ihre Akte unterschlagen. Vielleicht sollten wir mal einen Bericht an den Präsidenten schreiben…".

Er schaut mich feindselig an. Ich starre zurück und bemerke aus dem Augenwinkel, dass Amelia sich wieder aufgesetzt hat.

„Glaubst du das wirklich?", will ich in verächtlichem Tonfall von Luke wissen. Innerlich bete ich, dass er meine Unsicherheit nicht bemerkt.

Bevor er mir eine Antwort geben kann, ertönt ein lauter Schrei. Amelia muss gemerkt haben, dass sie sich mit gefesselten Händen nicht unbemerkt aus dem Staub machen kann, also ruft sie logischerweise um Hilfe. Ich reagiere blitzschnell. Noch bevor ich darüber nachdenken kann, überwinde ich den Abstand zwischen uns, meine Hand schnellt vor und trifft Amelia hart an der Schläfe. Ein dünner Blutstreifen bahnt sich seinen Weg durch ihr Gesicht und sie fällt zurück auf den schmutzigen Fliesenboden. Mein Blick wandert zurück zu meinen drei Untergebenen, die sichtlich beeindruckt sind. Anscheinend habe ich ihre Meinung geändert.

„Glaubt ihr immer noch, dass ich ihr nicht weh-tun würde?" Betretenes Schweigen.

„Na also. Dann geht. Euer Papierkram erledigt sich doch nicht von selbst, oder?"

Allgemeines Kopfschütteln.

Nach einem eindringlichen Blick von mir, drehen sich meine Mitarbeiter um und verlassen das Haus. Um ehrlich zu sein, wirken sie recht froh von mir wegzukommen. Doch darüber kann ich im Moment nicht nachdenken.

Meine volle Aufmerksamkeit gilt nun Amelia. Während ich sie zurück in das andere Zimmer trage, kommt sie zu sich.

„Du machst dir Sorgen um eine weitere Leiche? Glaubst du wirklich, dass mein Verschwinden nicht auch auffällig ist? Du weißt, wo ich arbeite, sie werden mein Verschwinden auf jeden Fall bemer-ken. Und was machst du dann?"

Ich ignoriere sie, versuche mein Erstaunen über ihre schnelle Klarheit angesichts des heftigen Schla-ges zu verbergen und setze sie unsanft auf dem Stuhl ab, an den sie bereits zuvor gefesselt war. Während ich mich nach dem Seil umsehe, beschließe ich, ihr doch zu antworten.

„Für dich interessiert sich doch eh keiner."

Kaum habe ich diese Worte ausgesprochen, tut es mir auch schon leid, doch ich kann vor ihr keine Schwäche zeigen. Ich fessle sie, ohne eine Gefühlsre-gung zu zeigen, fester als zuvor an den Stuhl. Das

Seil schneidet sicher ein wenig ein, doch sie zeigt keine Reaktion.

„Warum zögerst du? Töte mich doch einfach. Hier draußen wird mich keiner so schnell finden. Aber du kannst es nicht. Du bist unsicher, ob du das Richtige tust, nicht wahr?"

Ich presse meine Lippen aufeinander. Bloß keine Reaktion zeigen, ihr bloß nicht das Gefühl geben, recht zu haben. Und doch hat sie den Nagel auf den Kopf getroffen. Der Schlag, den ich ihr verpasst habe, scheint langsam seine Wirkung zu entfalten. Ihre Worte werden undeutlicher, sie scheint in eine Art Dämmerzustand zu fallen. Auch, wenn ich kein Arzt bin, macht mir ihre immer noch blutende Wunde Sorgen. Während ich diese notdürftig verarzte, sieht sie mir tief in die Augen und scheint kurzzeitig geistig so klar zu sein, wie in der Nacht vor der Bar.

„Wie kommst du damit zurecht, Unschuldige zu töten?"

Ich schlucke hart und bleibe ihr eine Antwort schuldig. Ihre Augen fallen zu, ihr Kopf sinkt auf ihre Brust und sie gleitet in die wohlverdiente und längst überfällige Bewusstlosigkeit hinüber.

NEUNZEHN

Andrew

Ich reibe mir die Augen, während ich ziemlich müde dreinblickend zuhause vor unserem reich verzierten Korridorspiegel stehe. Meine Augenringe werden immer größer und dunkler.

„Nicht mehr lange, und ich sehe aus wie ein Panda", murmle ich schlaftrunken vor mich hin. Meine müden Augen wandern Richtung Boden und ich bemerke, dass ich sogar vergessen habe, mir meine Schnürsenkel richtig zuzubinden. Seufzend knie ich mich hin, um das Versäumte nachzuholen. Ich kneife noch einmal die Augen zusammen und mache mich dann auf den Weg zur Haustür. Gerade als ich sie öffnen will, höre ich das zweistimmige Konzert der Wecker im Obergeschoss sowie ein leises Klappern aus dem Speiseraum, wo Susan vermutlich gerade den Tisch deckt. Ich werde heute nicht frühstücken. Fast tut es mir leid, wenn ich an den heißen Kaffee und die leckeren Frühstückseier denke.

Schnell verlasse ich das Haus, ehe mein Vater oder Bruder die Treppe herunterkommen, meine Nachricht lesen und mich aufhalten können. Unter anderen Umständen wäre Vater vielleicht stolz auf mich gewesen, wenn ich mich zu so früher Stunde und an einem Samstag schon auf den Weg zur Arbeit gemacht hätte. Das kalte Licht der Straßenlaternen begrüßt mich, als die schwere Haustür hinter mir ins Schloss fällt. Ich ziehe die Schultern hoch und vergrabe meine Hände tiefer in den Taschen. Die Gedanken, die mich die ganze Nacht verfolgt haben, lassen sich auch jetzt nicht abschütteln. Das ist auch der Grund, warum ich nicht nach rechts in Richtung des Regierungsgebäudes abbiege, sondern geradeaus laufe, in Richtung der äußeren Distrikte. Ich muss mehr über sie herausfinden, begreifen, warum es sich so falsch anfühlt, sie ausschalten zu müssen. Verwirrt schüttle ich den Kopf. Wie kann sie meine Zweifel, meine Hin- und Hergerissenheit sehen, bevor es mir selbst ganz klar geworden ist? Ich kann ihr guten Gewissens nicht einmal wehtun. Der Schlag gegen die Schläfe ist auch eher instinktiv gewesen. Und schon bevor meine Fingerknöchel ihre Schläfe getroffen haben, hat es mir schon leidgetan.

„Vielleicht brauche ich nur eine Bestätigung, dass sie Verbindungen zum Widerstand und zu den Rebellen hat, um sie umbringen zu können", seufze ich und gehe entschlossen weiter. Reicht dir das wirklich?, fragt mich die kleine Stimme in meinem Hinterkopf, die immer lauter zu werden scheint.

Die Sonne schiebt sich bereits langsam über den Horizont, als ich Amelias Elternhaus erreiche. Diesmal sind die Vorhänge aufgezogen und der Blick in die Küche ist frei. Ich versuche mich möglichst unauffällig hinter einem der großen, jedoch dürren Strauchwerke zu verstecken. Am Küchentisch sitzt die Frau, die vermutlich Amelias Mutter ist. Sie scheint seit meinem letzten Besuch um einiges gealtert zu sein. Ihr gegenüber sitzt der Mann, den ich auch bei meinem ersten Besuch schon gesehen habe. Er wirkt jünger, als sein Gegenüber. Durch das gekippte Fenster kann ich ihre Unterhaltung in der stillen Morgenluft belauschen. Die Stimme der Frau wirkt müde und kraftlos.

„Rafe, was sollen wir noch machen? Sie ist jetzt schon seit drei Tagen verschwunden, aber niemand will uns helfen...".

Rafe scheint weniger besorgt, dennoch höre ich eine Spur Unsicherheit in seinen Worten.

„Mach dir keine Sorgen. Deine Tochter hat eben ihren eigenen Kopf. Sie war doch schon öfter mal ein paar Tage weg."

Jetzt war Wut in der Stimme von Amelias Mutter.

„Ja, sie war schon mal ein paar Tage weg. Aber damals war das etwas anderes. Damals hatte sie noch keine Verpflichtungen. Du weißt doch, wie gerne sie im Krankenhaus arbeitet. Und außerdem geht es Caelan immer schlechter. Sie würde ihn nie im Stich lassen."

Sie seufzt.

„Du verstehst das nicht. Sie ist nicht deine Tochter."

Rafe zieht scharf die Luft ein und blickt aus dem Fenster. Schnell ziehe ich den Kopf ein, drücke mich gegen die halb verfallene Gartenmauer und hoffe, dass er mich nicht gesehen hat. Nach einigen bangen Augenblicken der Stille, ergreift Rafe wieder das Wort. Seine leise Stimme kann den Schmerz darin nicht verbergen.

„Sie ist für mich aber wie meine eigene Tochter."

Ich linse durch die Zweige und sehe gerade noch, wie Rafe sich im Türrahmen noch einmal zu Amelias Mutter umdreht, ehe er den Raum verlässt.

„Und übrigens: Amelia ist seit fünf Tagen verschwunden."

Plötzlich fühle ich mich erbärmlich. Ich werde dieser Familie in ein paar Tagen die Tochter, die Schwester nehmen. Wie kann überhaupt irgendjemand daran glauben, dass die Idee der Säuberungsaktion gut ist? Jedes Mal stehlen wir doch einer Familie den Vater, die Mutter, die Tochter oder den Sohn! Ich versuche, mich von dem schlagartig auftretenden Selbsthass abzulenken und schaue vorsichtig wieder in die Küche. Amelias Mutter sitzt am Küchentisch und starrt ins Leere. Die aufgehende Sonne lässt die Tränen auf ihren Wangen glitzern. Ihre Augen sind glanzlos und die Augenringe sogar noch dunkler als meine. Plötzlich höre ich einen schrecklich klingenden Hustenanfall, er muss irgendwo aus dem oberen Stockwerk kommen. Doch die Frau am Küchentisch rührt sich nicht. Mit zusammengezogenen Augenbrauen denke ich an meinen ersten Besuch hier. Sie hatte so besorgt gewirkt, als der kränkliche Junge, den sie kurz zuvor Caelan nannte, ein wenig gehustet hatte. Das Husten wird allmählich zu einem fiependen Keuchen und die übernächtigte Frau reagiert noch immer nicht. Bei einem Blick nach oben, erkenne ich das offene Fenster, hinter dem der Junge nach Atem ringt.

„Mama ... Mama?"

Seine flehende Stimme versetzt mir einen Stich ins Herz, auch wenn ich das niemals offen zugeben würde. Kurz darauf, Amelias Mutter hat sich in der Zwischenzeit kein Stück bewegt, trägt Rafe den kleinen Jungen in die Küche und legt ihn dort auf den Tisch. Caelans Keuchen ist noch schlimmer geworden, falls das überhaupt noch möglich ist.

„Maria! Maria, verdammt noch mal! Was tust du denn? Schnell, wir brauchen die Notfallmedizin!"

Rafes drängende Worte reißen die Frau aus ihrer Erstarrung. Mit weit aufgerissenen Augen durchwühlt sie einen der vergilbten Küchenschränke und wird fündig. Ihr Rücken versperrt mir die Sicht, während sie, über den Tisch gebeugt, dem kleinen Caelan die Medizin verabreicht. Seine Atemzüge werden wieder ruhiger und seine Mutter lässt sich schwer auf einen der wackligen Stühle fallen. Caelan sieht sie mit wässrigen Augen an.

„Wo warst du, Mama? Ich habe nach dir gerufen…".

Die Tränen kullern über sein ausgelaugtes Gesicht. Die Frau weint ebenfalls und stützt ihren Kopf schwer in ihre Hände. Die Angst ist aus Rafes Blick verschwunden und er atmet hörbar aus.

„Ich muss los. Hast du hier alles im Griff?"

Er bekommt keine Antwort. Seufzend verlässt er die Küche und öffnet kurz darauf die Haustür.

In dem Moment wird mir bewusst, dass er in wenigen Sekunden neben mir stehen wird. Gebückt laufe ich so schnell es geht durch das Gartentor und die Mauer entlang um die nächste Ecke. Ich bete still, dass Rafe in die andere Richtung geht. Meine Gebete scheinen erhört zu werden, denn Rafe verlässt den Garten und läuft auf dem Gehweg in die entgegengesetzte Richtung. Kurz zögere ich, ob ich ihm folgen soll, dann siegt meine Neugier und ich richte mich auf. Mit sehr viel Abstand und Vorsicht laufe ich dem großgewachsenen Mann hinterher. Er scheint mich nicht zu bemerken, obwohl wir beiden die einzigen sind, die an diesem Samstag so früh in den Straßen unterwegs sind.

ZWANZIG

Andrew

Wenige Minuten später haben wir unser oder besser gesagt sein Ziel erreicht. An einer kleinen Kreuzung warten bereits fünf Männer, die Rafe offenbar kennt. Ich stelle mich hinter die Hausecke und lausche dem Gespräch.

„Da bist du ja, Rafe. Sonst kommst du doch nie zu spät."

Leicht außer Atem, gesellt sich der Angesprochene zur Gruppe.

„Tut mir leid. Ich … ähm … Es gab ein Problem mit Caelan."

Einer der Männer packt ihn eindringlich am Arm und sucht seinen Blick.

„Geht's dir gut? Wir können es uns nicht leisten, dass einer nicht bei der Sache ist. Du bist doch auch schon wegen deiner Stieftochter so unkonzentriert. Reiß dich zusammen!"

Rafe nickt langsam.

„Amelia ist immer noch nicht nach Hause gekommen. Ich mache mir langsam Sorgen, ob ihr Verschwinden etwas mit dem hier zu tun hat. Aber keine Angst, ich bin konzentriert. Lasst uns loslegen."

Die fünf anderen tauschen zweifelnde Blicke aus. Schließlich entscheiden sie sich dafür, Rafe zu glauben.

„Na dann los."

Sie ziehen sich die Kapuzen ihrer schwarzen Pullover über und setzen sich in Bewegung. Nach einigen Sekunden, in denen ich mich davon überzeuge, dass die Männer nicht zurückkommen, folge ich ihnen unauffällig. Ihr Ziel ist eine der Essensausgabestellen. Dort sehen sie sich zunächst um. Einer der Männer holt aus seiner Tasche mehrere Spraydosen, die er an die anderen verteilt.

Versteckt hinter einer Straßenecke beobachte ich, wie die Schmierereien Gestalt annehmen. Ich erwische mich bei dem Gedanken, dass einer der Männer, derjenige, der den Hirschen lebensgroß an die Wand sprüht, künstlerisches Talent hat. Nach und nach vervollständigt sich das Bild. Ein großer silberfarbener Hirsch. Sein abgetrennter Kopf. Daneben das durchstrichene Antlitz des Präsidenten. Die roten Linien des Kreuzes verlaufen leicht und zeugen von der Wut der Männer auf den Präsidenten. Er ist sehr gut getroffen, muss ich gestehen. Auf die übrig gebliebene freie Wandfläche sprühen sie noch einige Parolen, die den Präsidenten und das System schlecht machen. Bis dahin scheint alles eine ganz normale Rebellenaktion zu sein. Solche Aktionen kommen häufiger vor, als der Regierung lieb ist.

Doch genauer betrachtet, sind es nur unzufriedene Arbeiter, die keinerlei ernstzunehmende Gefahr darstellen. Plötzlich stutze ich. Die anderen Männer sind schon weitergezogen, als Rafe sich verstohlen umsieht und einen Stapel Papier aus einer kleinen Tasche zieht. Der Stapel landet mittig auf dem Bürgersteig unter dem geköpften Hirsch, gut sichtbar für jeden, der hier vorbeikommt. Dann geht auch er seines Weges.

Ich lasse einige Minuten verstreichen, ehe meine Neugier mich zur besprühten Wand zieht. Ich blicke mich noch einmal kurz um und schnappe mir dann den obersten Zettel vom Stapel. Beim Überfliegen wechseln meine Emotionen von Neugier über Erstaunen zu blankem Entsetzen.

„Die Regierung bringt unschuldige Menschen um, nur um sich selbst und die Oberschicht zu retten", lese ich halblaut die ersten Worte noch einmal. Um mich herum nehme ich langsam die Geräusche der erwachenden Stadt wahr. Ohne lange darüber nachzudenken, schnappe ich mir den ganzen Stapel und laufe los.

◆◆◆

Schwer atmend bleibe ich kurze Zeit später stehen und bemerke erst dann, wohin mich meine Beine instinktiv getragen haben. Ich stehe vor dem Regierungsgebäude. Nach kurzem Überlegen betrete ich das Gebäude mithilfe meines Schlüssels, den ich heute Morgen in weiser Voraussicht eingesteckt habe. Zügig gehe ich durch die menschenleeren Flure und betrete mein Büro. Es fühlt sich merkwürdig an, am Wochenende ganz alleine hier zu sein. Ich schalte meinen Aktenvernichter ein. Nach und nach werden die Flugblätter von der Maschine verschluckt und in kleinste Papierfetzen zerrissen. Bei der Menge an Papieren bleibt mir Zeit, nachzudenken.

Ich sehe bei ihr keinerlei Verbindung zu den Rebellen. Ja, ihr Stiefvater ist ein Rebell, ohne Frage, aber er gehört auch eher zu der ungefährlichen Sorte. Die Frage ist, wie Jonathan und seine Leute auf die Idee kommen, dass Amelia eine Rebellin ist. Alles, was ich über sie herausgefunden habe, deutet darauf hin, dass sie zwar ihren eigenen Kopf und auch etwas provokante Ansichten hat, jedoch keinerlei rebellische Tendenzen aufweist. Wieder einmal schaltet sich die sarkastische Stimme in meinem Hinterkopf ein. Abgesehen von den entwendeten Büchern. Und ihr Vater ist natürlich auch ein ganz Unschuldiger.

„Stiefvater", flüstere ich trotzig vor mich hin und frage mich nicht zum ersten Mal, seit diese Stimme aufgetaucht ist, ob ich vielleicht verrückt werde. Der Zweifel, der in mir nagt, wird immer stärker. Unsicher werfe ich den letzten Flugzettel dem Aktenvernichter zum Fraß vor. Während ich zusehe, wie unten die kleinen Papierschnipsel herausfallen, wird mir klar, was ich tun muss. Ich brauche jemanden zum Reden. Und dafür kommt nur einer in Frage.

EINUNDZWANZIG

Andrew

Langsam gehe ich auf eines der vier Nebentore der Mauer zu und suche mit den Augen den etwas altmodisch anmutenden Wehrgang nach einer ganz bestimmten Person ab. Zum Glück ist Aiden immer hier eingeteilt. Am Haupttor oder den anderen Nebentoren hätte ich keine Chance, an ihn heranzukommen, geschweige denn, während seiner Schicht ungestört mit ihm zu sprechen. Suchend wandert mein Blick umher, doch Aidens schlanke Gestalt ist nirgends zu sehen. Als ich näherkomme, fällt mir auf, dass das Tor nicht ganz verschlossen ist. Mit zusammengezogenen Augenbrauen gehe ich langsam auf den Spalt zwischen den zwei großen Torflügeln zu.

Plötzlich öffnet sich der Spalt und Aiden taucht vor mir auf. Er blickt ebenso erschrocken drein, wie ich mich fühle. Seine schreckgeweiteten Augen halten nur kurz meinem Blick stand, dann sieht er weg. Ein für Aiden ungewöhnliches Verhalten, das mich stutzig macht. Seine rechte Hand wandert schnell hinter seinen Rücken. Gerade noch so erhasche ich einen Blick auf einen geöffneten Briefumschlag und überlege, ob ich ihn darauf ansprechen soll. Da sieht

193

Aiden mir direkt in die Augen und der gehetzte Blick ist wieder selbstsicher und ruhig.

„Mein Gott Andrew, hast du mich erschreckt! Was machst du hier? Musst du nicht arbeiten?"

Er dreht sich um, schließt das Tor wieder und sichert beide Flügel.

„Aiden, ich muss mit dir reden."

Der Ernst in meiner Stimme lässt ihn aufhorchen. Er sieht mich alarmiert an.

„Geht es wieder um das Mädchen? Wie hieß sie doch gleich? Anne?"

„Amelia!", korrigiere ich ihn etwas härter, als notwendig, was mir einen verwunderten Schulterblick einbringt. Wir gehen hintereinander die schmale Treppe zum Wehrgang hinauf, damit Aiden seine Aufsichtspflicht nicht noch länger verletzt.

Ich bin schon lange nicht mehr hier oben gewesen, denke ich, während mein Blick über die Landschaft schweift. Dieses Tor ist nur deshalb so wenig genutzt, da keine hundert Meter entfernt davon ein dichter, dschungelartiger Wald beginnt. Die freie Ebene, die einer Art Steppe gleicht, welche von einem der anderen Nebentore überwacht wird, beginnt erst sehr viel weiter östlich.

Nachdem Aiden ebenfalls einen Kontrollblick auf seinen Hoheitsbereich, wie er das Gebiet oft scherzhaft nennt, geworfen hat, nimmt er unser Gespräch wieder auf.

„Dann eben Amelia. Die hat's dir ja echt angetan. Aber du hast ihre Akte doch abgegeben, was ist denn jetzt schon wieder das Problem?"

Seine Stimme nimmt einen ernsten Unterton an, während er sich zu mir umdreht.

„Ich habe vom Abbruch der Säuberungsaktion gehört. Es hat damit zu tun, oder? Hat sie etwas gesehen und euch auffliegen lassen?"

Kurz bin ich überrascht von seinem Wissensstand, aber dann erinnere ich mich, dass Aiden auch seine Quellen hat. Er ist eigentlich immer besser informiert, als die meisten anderen. Ich seufze.

„Sie hat Mike, Luke und Phillip bei ihrer undurchdachten Aktion beobachtet. Ich habe sie dabei erwischt und in die verlassene Zone in eines der leeren Häuser gebracht."

Aiden sieht mich mit einem ernsten Gesichtsausdruck an.

„Ist sie tot?"

„Nein ... ich weiß auch nicht ... na ja, ist ja auch egal. Die Kurzfassung ist: Sie wollte fliehen, meine drei Wächter haben sie erwischt und wollten sie verhören, wobei sie sie beinahe getötet hätten. Ich kam gerade noch rechtzeitig dazu."

Meine Verwirrung über die verfahrene Situation spiegelt sich im Blick meines Gegenübers wider.

„Also hast du nicht zugelassen, dass sie sie töten."

Es war keine Frage, dennoch nickte ich bestätigend. Ich fahre mir verzweifelt mit der rechten Hand durch meine Haare. Bevor ich weiterspreche, sehe

195

ich mich noch einmal kurz um, um wirklich sicherzugehen, dass uns niemand zuhört.

„Ich habe sie geschlagen und sie bewusstlos zurückgelassen."

Ich kann ihm nicht länger in die Augen sehen. Stattdessen starre ich ins dunkle Grün des Waldes und setze leise erneut an.

„Ich … ich habe es gehasst. Ich weiß nicht, wie ich das sagen soll, aber … aber ich glaube, ich kann sie nicht töten. Sie hat es nicht verdient. Sie arbeitet so viel, um ihrem kleinen Bruder Medikamente zu besorgen, die sie sich sonst niemals leisten können und ihre Mutter …".

Sichtlich schockiert unterbricht Aiden meinen Wortschwall.

„Stopp. So darfst du nicht denken. Sie muss sterben und du weißt das. Wenn sie überlebt, dann bist du deinen Job los, wenn nicht noch Schlimmeres."

Verzweifelt packe ich ihn an beiden Oberarmen und schaue ihm fest in die Augen.

„Sag mir, was ich tun soll!"

Er versucht, meinem Blick zu entkommen und schaut überallhin, nur nicht in meine Augen.

„Andrew, ich … ich kann dir nicht helfen. Du weißt doch … naja, damals mit Chelsea … das war zwar was anderes, aber irgendwie auch wieder nicht … ich kann dir nicht sagen, was du tun sollst."

Verwirrt lasse ich ihn los.

Seit wann ist Aiden so unsicher? Ich weiß schon seit Jahren, wie sehr Aiden meine Schwester geliebt hat. Und mir ist auch bewusst, wie sehr es ihn getroffen hat, als sie verschwunden ist. Aber bisher haben wir immer ganz normal über sie geredet. Irgendetwas stimmt nicht, aber er wird schon mit mir reden, wenn er das Bedürfnis dazu hat, denke ich mir.

Aiden ist mittlerweile wieder ganz der Alte und wechselt schnell das Thema.

„Sag mal, wie läuft's eigentlich mit deinem Studium, du Genie?"

Sein Grinsen ist ansteckend und wir versinken für ein paar Stunden in alten Geschichten und neuem Tratsch.

Erst als es schon allmählich dunkel wird, bemerke ich, wie viel Zeit vergangen ist und meine Sorgen treffen mich wieder mit voller Wucht. Wie gewohnt, hat Aiden mich von meinen düsteren Gedanken abgelenkt. Wir verabschieden uns, als Aiden die Ankündigung der Wachablösung erreicht. Ich gehe zügig zurück nach Hause, wo ich in Anbetracht der späten Stunde ein weiteres Mal einiges zu erklären haben werde.

ZWEIUNDZWANZIG

Als Andrew den Korridor betritt, steht sein Vater bereits, angelehnt an das dunkle Holz, im Türrahmen zum Wohnzimmer.

John mustert Andrew durch seine schief sitzende Lesebrille hindurch von oben bis unten. Sein Blick bleibt an Andrews Schuhen haften und er schüttelt den Kopf, während sich seine Finger um die Zeitung in seiner linken Hand verkrampfen.

„Neuerdings trägt man Schuhe wohl auch im Haus."

Betreten schaut Andrew auf seine blauen Turnschuhe, deren weiße Streifen, seit er bei Aiden gewesen ist, von einer leichten Staubschicht bedeckt sind. Obwohl er sich nach dem Gespräch mit Aiden für einen Moment besser gefühlt hat, haben sich die Gedanken an Amelia und das schier unlösbare Problem mittlerweile wieder intensiviert. Zumal Aiden ihm keine große Hilfe zu sein scheint, was Amelias Fall betrifft. Doch immerhin ist sein Freund der einzige, mit dem er darüber reden kann. Nun realisiert Andrew, dass er vergessen hat, seine Schuhe von der Putzmaschine vor dem Haus säubern zu lassen und akkurat in das Schuhregal zu stellen, wie es sich laut seinem Vater gehört.

„Mitkommen", befiehlt dieser nun, während er hektisch mit der Zeitung in das hinter ihm liegende Wohnzimmer deutet, sich umdreht und hineingeht. Sein Vater lässt sich dort in den schwarzen Ledersessel plumpsen, in welchem er zuvor die Tageszeitung gelesen hat. Andrew bleibt mit verschränkten Armen vor ihm stehen und nickt Susan, die gerade dabei ist, die Kakteen auf der Marmorfensterbank zu gießen, kurz zu.

„Wo um Himmels Willen bist du gewesen?"

Mit zwei Fingern nimmt John seine Lesebrille herunter und legt sie auf den Beistelltisch neben dem Sessel. Dann pfeffert er die zerknitterte Zeitung auf den Boden. Kurz zuckt Andrew zusammen. Auch Susan riskiert ein Auge auf den Hausherrn.

„Kommt mein ach so wohlerzogener Herr Sohnemann nicht auf die Idee, auf die Uhr zu sehen?"

Andrew fährt sich verlegen durch sein braunes kurzes Haar und blickt zu Boden.

„Und du!" Sein Blick wandert zu Susan, die sichtlich angespannt ist.

„Wie kommt man nur auf die Idee, Kakteen zu wässern?"

Mit zitternder Hand stellt Susan die kleine Gießkanne auf der Fensterbank ab.

„Ich ... ähm ... ich", stottert sie, streicht ihre weiße Schürze glatt und blickt abwechselnd zwischen dem Boden und dem Hausherrn hin und her. Wieder

199

einmal tut Susan Andrew leid. Doch sein Vater würde sich nur weiter aufregen, wenn Andrew sie nun in Schutz nehmen würde.

„Aber kein Wunder."

Ein spöttisches Grinsen zeichnet sich auf seinem Gesicht ab.

„Je niedriger die Schicht, desto weniger Gehirnzellen."

Sein breites Grinsen verwandelt sich in Gelächter. Andrew beißt seine Zähne zusammen und seufzt, was seinem Vater nicht entgeht.

„Möchtest du …".

John lacht, während Andrew und Susan weiterhin auf den Boden sehen.

„… möchtest du etwas zu unserer amüsanten Unterhaltung beitragen? Obwohl, eine Unterhaltung kann ich es nicht nennen, meine Gesprächspartnerin scheint stumm zu sein."

Wieder lacht er. Dabei klopft er mit einer Hand auf die Armlehne des Sessels. Er räuspert sich und beruhigt sich etwas. Andrew schüttelt den Kopf und sieht seinen Vater an wie ein reuiger Hund, der genau weiß, dass er etwas falsch gemacht hat. Vorsichtig bewegt sich Susan in Richtung Tür.

„Wo willst du hin? Habe ich dir erlaubt, den Raum zu verlassen?"

In gebückter Haltung wendet sie sich dem Hausherrn zu. Mit gebrechlicher Stimme sagt sie:

„Nein, natürlich nicht. Ich entschuldige mich dafür."

John schnalzt mit seiner Zunge, als müsse er überlegen, wie er Susan noch weiter schikanieren kann.

„Nun gut, verschwinde aus meinen Augen."

Zielsicher greift er nach dem Cognacglas auf dem Beistelltisch. Andrew blickt unauffällig der leise aus dem Zimmer schleichenden Susan nach und wendet sich dann wieder seinem Vater zu.

„Nun zu dir."

Sein Vater nimmt einen großen Schluck.

„Wieso bist du zu spät? Und lüg' mich bloß nicht an!"

Weiß er etwa, dass ich bei Aiden gewesen bin?, schießt es Andrew durch den Kopf.

„Ich war so lange im Büro", antwortet er seinem Vater bemüht selbstsicher.

„So, so."

Er stellt sein Glas ab. Seine Augen wandern zur Tür, durch die Jonathan gerade hereinkommt.

„Auch schon da?"

Jonathan tritt neben ihn und klopft Andrew auf die Schulter.

„Dein Bruder war arbeiten", kichert John und schenkt sich unbeholfen Cognac nach.

„Kannst du dir das vorstellen, Jonathan? Er war arbeiten."

Jonathans Mundwinkel bewegen sich nach oben und seine Hand wandert vor seinen Mund, als wolle er seinem Vater zustimmen, aber Andrew nicht demütigen. Doch Andrew weiß, dass Jonathan beinahe immer bedingungslos hinter seinem Vater steht. Er ist das Verhalten der beiden gewohnt. Für einen Moment herrscht Stille. John hat wieder nach dem eben abgestellten Glas gegriffen und schwenkt nun den Rest Cognac mit kreisförmigen Bewegungen im Glas.

„Hör mal, Andrew. Dass du zu spät kommst, ist das eine. Das bin ich mittlerweile von dir gewohnt. Obwohl ich es nicht gutheiße."

Nachdem er den letzten Rest Cognac hörbar hinuntergeschluckt hat, stellt er das Glas zurück auf den Tisch.

„Das andere ist, dass ich das Gefühl nicht loswerde, dass die missglückte Aktion deiner Mitarbeiter nur die Spitze des Eisberges ist ... Etwas scheint aus den Fugen zu geraten, was die Säuberungsaktion angeht."

Sein stechender Blick wandert zur Tür und dann zurück zu Andrew.

„Ich kann mich doch darauf verlassen, dass alles reibungslos abläuft, wenn die Säuberungsaktion wieder startet?"

Andrew antwortet seinem Vater mit einem Nicken.

„Kann ich mich darauf verlassen? Ich habe dich nicht gehört."

Seine Stimme wird lauter.

Ohne zu zögern sucht Andrew den Blick seines Vaters.

„Ja, Vater. Alles wird ohne Komplikationen ablaufen."

Und obwohl Andrew sich in dem Moment selbst nicht so recht glauben mag, scheint John vorerst zufrieden mit seiner Antwort. Sein Vater reibt sich die Augen und gähnt.

„Du weißt, was dir blüht, wenn dem nicht so ist."

Abermals greift John nach dem Glas, schaut ungläubig hinein, als könne es nicht schon wieder leer sein, und lässt es etwa einen Zentimeter über der Tischplatte aus seiner Hand gleiten.

„Wir sprechen uns nochmal."

Ohne Andrews Antwort abzuwarten, steht er auf und schwankt an Jonathan, den er kurz am Oberarm packt, vorbei.

„Meine Herren. Wir sehen uns morgen."

Die zwei Brüder setzen sich nebeneinander auf die Couch.

„Du kannst froh sein, dass Vater heute etwas zu viel Cognac getrunken hat. Sonst wäre das Gespräch anders verlaufen."

Jonathan blickt Andrew mit hochgezogenen Augenbrauen an.

„Ich weiß."

„Was ist in letzter Zeit nur los mit dir?"

Er rutscht zu Andrew hinüber und packt ihn mit einer Hand am Oberschenkel.

„Irgendetwas beschäftigt dich."

Statt Jonathan zu antworten, fährt Andrew sich mit seinen Fingern über die Nase und schüttelt den Kopf.

„Hat es etwas mit deinen Akten zu tun?"

Erwartungsvoll versucht er, Blickkontakt zu Andrew herzustellen, der aber ins Leere starrt.

„Andrew", brüllt Jonathan frustriert, während er mit seiner Hand den Druck auf Andrews Oberschenkel erhöht. Instinktiv rutscht Andrew etwas von seinem Bruder weg, welcher seine Hand inzwischen weggenommen hat.

„Nein, mit den Akten ist alles in Ordnung."

Kurz hat Andrew sich überlegt, seinem Bruder die Wahrheit zu sagen, doch schnell verwirft er diesen Gedanken wieder und blickt in die Augen Jonathans, in denen sich Skepsis und Sorge widerspiegeln.

„Wo warst du überhaupt?"

Verwundert schaut Andrew Jonathan an.

„Ich habe gearbeitet."

Jonathan atmet genervt aus.

„Das hast du nicht. Ich war in deinem Büro. Es war niemand da, weder du, noch deine Mitarbeiter. Lass mich raten: Du warst bei Aiden."

„Ja, ich war bei Aiden. Bist du jetzt zufrieden? Ist dein Verhör beendet?"

Ruckartig steht Jonathan auf.

„Ich glaube, du bist dir nicht klar darüber, wie ernst das alles ist. Erinnerst du dich noch daran, wie es damals mit Chelseas Akte war?"

Andrew schüttelt verwirrt den Kopf. Jonathan lehnt sich seufzend zurück.

„Das war der schlimmste Fehler meines Lebens. Ich dachte, ich muss sie beschützen, weil sie meine

Schwester ist. Aber das war falsch. Denn die Sicherheit der Stadt ist das Wichtigste, verstehst du?"

Sein eindringlicher Blick durchbohrt Andrew.

„Ich muss dich doch nicht daran erinnern, was damals passiert wäre, hätte Vater mich nicht wieder in die richtige Bahn gelenkt."

Chelsea würde noch leben, sagt die Stimme in Andrews Kopf.

DREIUNDZWANZIG

Andrew

„Jetzt gib es doch einfach zu. Ich weiß doch eh schon, dass du zu ihnen gehörst."

Meine Stimme klingt leicht brüchig, wenn ich daran denke, wie lange unsere Konversation schon dauert.

Als ich hier angekommen bin, habe ich sie glücklicherweise in einem guten Zustand angetroffen. Sie war wach und hatte erneut versucht, sich zu befreien. Jedoch hat unsere Unterhaltung während der letzten paar Stunden keinerlei Ergebnisse gebracht.

„Ich bin keine Rebellin! Wie oft muss ich dir das noch sagen? Ich weiß nicht, was sie vorhaben und auch nicht, wo sie sich treffen", beteuert sie wieder, zum gefühlt hundertsten Mal.

Meine Gedanken rasen, während ich versuche, meine Taktik zu überdenken. Wie bekomme ich bloß die nötigen Informationen aus ihr heraus?

„Ach nein? Dein Stiefvater scheint recht aktiv in Rebellenkreisen zu sein, da liegt die Vermutung nahe, dass du nicht ganz so unschuldig und unwissend bist, wie du mich hier glauben lassen willst."

Sie kneift ihre Lippen zusammen und meidet meinen Blick.

„Ich habe ihn gesehen. Es bringt also nichts, seine Beteiligung an den Rebellenaktivitäten der letzten Zeit zu bestreiten. Ich werde ihn so bald wie möglich melden müssen, schließlich ist ein Angriff auf den Präsidenten nicht zu tolerieren und die Strafe dafür dürfte ja allgemein bekannt sein."

Mein selbstgefälliger Gesichtsausdruck verunsichert sie. Ihre Augen nehmen einen ängstlichen Ausdruck an.

„Aber … aber er beteiligt sich nur an kleineren Aktionen. Er würde niemals direkt den Präsidenten angreifen."

„Du weißt also doch mehr, als du zugibst. Ich habe ihn beobachtet. Er nutzt die kleineren Aktionen, um die Bevölkerung gegen die Regierung aufzubringen. Auf seinen Flugblättern stehen regierungsinterne Informationen, die niemals an die Bevölkerung herausgegeben wurden. Wie erklärst du dir das?"

Ihr verwunderter Gesichtsausdruck bringt mich aus der Fassung und ich stocke. Ihr Blick geht ins Leere, sie scheint nachzudenken. Als sie mich wieder ansieht, hat sie einen wissenden Ausdruck in den Augen und stellt eine Vermutung auf:

„Du hast die Flugblätter verschwinden lassen und ihn damit geschützt. Warum solltest du das tun, wenn du absolut hinter deinem Präsidenten und deiner Regierung stehst?"

Ihre Feststellung lässt mich schlucken. Sie hat recht. Warum habe ich das getan? Die Flugblätter mitzunehmen, um sie vor den neugierigen Augen der Bevölkerung zu schützen, wäre richtig gewesen. Aber warum habe ich ihn nicht gemeldet und die zuständigen Regierungsmitglieder informiert?

„Ich habe also recht", stellt sie siegessicher fest.

„Halt den Mund! Du weißt nichts über mich. Ich weiß allerdings einiges über dich. Über deine Familie. Und vor allem über deinen kleinen Bruder."

Sie schluckt hörbar, versucht jedoch, sich nichts anmerken zu lassen.

„Was soll mit ihm sein?"

Mein Blick sucht ihren, doch sie hält ihm nicht stand.

„Soweit ich informiert bin, ist er doch recht kränklich, oder?"

Ich umkreise langsam den Stuhl, an den sie gefesselt ist.

„Nehmen wir mal an, du kommst in der nächsten Zeit nicht nach Hause. Was passiert dann mit ihm? Oder mit deiner Familie?"

Ich schaue sie fest an und hoffe, dass sich meine innere Gefühlswelt nicht auf meinem Gesicht abzeichnet. Ich hasse, was ich ihr gerade antue. Ich hasse die Vorstellung, jemand hätte das Chelsea angetan. Die Stimme in meinem Hinterkopf fragt mich brüllend, wie ich so etwas tun kann und übertönt damit beinahe die gemurmelten, kraftlosen Worte Amelias.

„Lass meine Familie da raus. Sie haben nichts damit zu tun."

Ihr Blick wandert flehend nach oben und sucht seine Augen. Sie scheint selbst nicht von ihren Worten überzeugt zu sein.

„Wenn das alles hier nur wegen den Büchern aus der Bibliothek ist, dann bestrafe mich dafür. Tu, was du tun musst, aber lass meine Familie aus dem Spiel."

Ihre Stimme bricht beinahe und ich bilde mir für einen kurzen Moment ein, Tränen in ihren Augen zu sehen. Dann sieht sie auf den Boden. Meine Gesichtszüge entgleiten mir für einen kurzen Augenblick. Mir wird schlecht beim Gedanken daran, was ich ihr gleich antun werden.

„Du weißt genau, worum es geht. Und wenn du mir nicht sagst, was ich wissen will … Naja, dann kann ich nicht für die Sicherheit und das Überleben deiner Familie und insbesondere deines Bruders garantieren."

Ihr gehetzter, angsterfüllter Blick sucht meinen. Jetzt kann sie die Tränen nicht mehr zurückhalten und einzelne Tropfen suchen sich ihren Weg über ihre dreckigen, teilweise aufgeschrammten Wangen. Ihre flehende Stimme lässt sich nicht mit der rebellischen, aufmüpfigen Art vereinbaren, die ich bislang von ihr kenne.

„Bitte. Ich kann dir nichts sagen. Ich weiß nichts darüber. Ich bin keine Rebellin. Ja, manchmal verstoße ich gegen die Regeln. Ja, ich habe die Bücher aus der Bibliothek mitgenommen und am nächsten Tag zurückgebracht, ich habe versucht Medikamente für meinen Bruder zu stehlen. Aber ich habe keine Ahnung, was die Rebellen vorhaben und ich kann dir versichern, dass mein Stiefvater die Flugblätter niemals selbst angefertigt hat. Er ist verzweifelt, so wie wir alle. Wir haben kein Geld und die ständige Angst, Caelans nächster Anfall könnte ihn umbringen, sitzt uns im Nacken. Du weißt doch scheinbar so viel über uns, dann musst du das doch auch wissen. Wir sind nicht kriminell, nur verzweifelt!"

Ich kann ihr nicht antworten. Ich bin mir sicher, meine Stimme würde brechen und mich verraten. Doch offensichtlich habe ich meine Mimik nicht im Griff. Denn plötzlich fängt Amelia an, durch den Tränenschleier hindurch zu lächeln. Nicht spöttisch, wie zuvor, sondern warmherzig und gütig.

„Du wirst ihn nicht sterben lassen, genauso wenig wie du mir etwas tun kannst."

Sie hat mich durchschaut, schießt es mir durch den Kopf. Ohne ihr eine Antwort zu geben, verlasse ich den Raum, um mich auf die verfallene Veranda zu setzen. Kaum außerhalb ihrer Hörweite, übermannen mich meine Emotionen und eine einzelne Träne wandert meine Wange hinab. Jonathan würde mich auslachen, wenn er mich jetzt sehen könnte, denke ich niedergeschlagen. Meine Gedanken fangen an, sich im Kreis zu drehen, auf der Suche nach einem Ausweg, einer Möglichkeit, das Unaufhaltsame zu verhindern. Immer wieder verrenne ich mich in Ideen, die sich bei längerem Nachdenken als Blödsinn herausstellen.

◆◆◆

Ich bemerke erst, wie spät es geworden ist, als die Sonne bereits langsam hinter den Baumwipfeln verschwindet und dabei wackelnde Schattenbilder auf den Boden zeichnet.

„Ich will das nicht tun, aber ich muss es. Ich kann meiner Familie keine Schande bringen. In gewisser Weise schütze ich dadurch meine Familie ebenso, wie Amelia versucht, ihre zu schützen. Das wird sie hoffentlich verstehen. Ich will, dass sie es versteht", murmle ich vor mich hin.

Ich erhebe mich aus meiner unbequem gewordenen Sitzposition und strecke mich. Die Stimme in meinem Hinterkopf ist verstummt, was mich doch wundert in Anbetracht dessen, was ich eben beschlossen habe. Ein tiefer Atemzug und ich begebe mich zurück zu Amelia, die sich ebenfalls wieder beruhigt hat. Sie schaut mich hoffnungsvoll an. Ich kann ihr jedoch nicht länger als ein paar Sekunden in die Augen sehen.

„Ich will das nicht tun, aber ich werde es tun müssen. Ich will, dass du das verstehst. Unter anderen Umständen würde das hier anders ausgehen, aber ich muss auch meine Familie schützen."

Mein Blick sucht ihren, ich schlucke.

„Du wirst morgen sterben, aber ich will dir den Grund dafür erklären."

VIERUNDZWANZIG

E r starrt ihr für ein paar Sekunden in die braunen Augen, die ihn verängstigt ansehen. Wie die eines schutzlosen Rehs, das nicht weiß, was nun passieren wird.

„Jetzt ist es also soweit."

Mit diesen Worten geht Andrew langsam auf sie zu. Unruhig rutscht Amelia auf dem Holzstuhl hin und her, soweit es ihre Fesseln zulassen. Andrew nickt und schnippt mit dem Finger gegen die durchsichtige Feindosierungsspritze, sodass sich die kleinen Luftblasen in der Flüssigkeit auflösen. Dann legt er die Spritze auf den Boden und geht vor Amelia in die Hocke. Behutsam umfasst er mit beiden Händen ihre Unterarme und schaut ihr tief in die Augen.

„Hör mir zu."

Der Griff seiner Hände wird fester. Amelia reißt ihre Augen auf und ihre Hände hören schlagartig auf, zu zittern.

„Unter anderen Umständen würde es nicht soweit kommen. Das weißt du."

Ihre zugeschnürte Kehle bringt kein Wort mehr hervor, obwohl in ihrem Kopf noch so viele unausgesprochene Gedanken herumschwirren und den dringlichen Wunsch haben, zu entweichen.

„Je länger ich warte, desto schlimmer wird es."

Andrew schluckt hart und schaut kurz auf den kalten Steinboden.

„Für dich. Und für mich."

Amelia deutet ein leichtes Nicken an. Ihre Spucke fließt ihren gereizten Rachen hinunter.

„Verdammt. Ich weiß selbst nicht, ob es richtig ist, wie ich gerade handle."

Er löst seine Hände von Amelia und läuft nervös um den Stuhl herum.

„Aber ich habe keine Wahl, das habe ich dir erklärt", fügt er hinzu und greift zur Spritze.

„Andrew?"

Wie kann er es in diesem Moment über sein Herz bringen, dieses Geschöpf, welches ihm mit großen Engelsaugen direkt in seine Seele blickt, zu töten? Am liebsten hätte er sie stattdessen in den Arm genommen.

„Mach es uns bitte nicht so schwer."

„Ich will noch etwas sagen, bevor ich ...".

Amelias Stimme versagt für einen Moment, doch auf ihren Lippen zeichnet sich ein leichtes Lächeln ab.

„Du musst mir etwas versprechen, Andrew. Hörst du?"

Beinahe hauchend antwortet Andrew ihr mit einem leisen „Ja."

„Versprich es mir!"

„Ja, ich verspreche es dir, was immer es auch ist."

Als Andrew diese Worte ausspricht, ahnt er bereits, was er für sie tun soll. Amelia räuspert sich.

„Du musst dich um meine Familie kümmern. Um Caelan."

In einem Augenblick der Stille sehen sich die beiden an und wissen, was der andere denkt.

„Lass es uns hinter uns bringen, Amelia. Hier und jetzt."

Es ist zu spät. Zu spät, um umzukehren. Zu spät für Andrew, seinen Entschluss zu überdenken. In diesem Moment verbreitet sich das Barbiturat, das er Amelia mit zitternder Hand injiziert hat, in ihren Blutbahnen. Als Andrew die Vene von Amelia mit der feinen Nadel erreicht hatte, lächelte sie ihn ein letztes Mal aufrichtig an, ehe ihre Augen zufielen. Bis zuletzt hatte Andrew in diese dunkelbraunen Augen, in die Augen eines außergewöhnlichen Mädchens, geblickt.

Nun trägt er ihren reglosen Körper, der bereits auf dem Stuhl in seinen Armen zusammensackte, vorsichtig nach draußen.

TEIL III

FÜNFUNDZWANZIG

Andrew

In Gedanken versunken sitze ich an meinem großen Holzschreibtisch, ohne meine Umgebung wirklich wahrzunehmen. Die letzten Tage und Wochen haben mir zu viele schlaflose Nächte beschert, als dass ich konzentriert hätte arbeiten können. Doch auch heute Nacht, nachdem ich mein größtes Problem gelöst habe, habe ich schlecht geschlafen. War die Entscheidung, die ich getroffen habe, die richtige? Mein schlechtes Gewissen plagt mich. Völlig übermüdet stütze ich meinen Kopf auf meinen Händen ab. Tief durchatmend versuche ich, meine Gedanken zu beruhigen. Jedoch ohne Erfolg. Ein nachdrückliches Klopfen lässt mich aufblicken. Es ist kurz vor Mittag. Wer sollte um diese Zeit etwas von mir wollen? Auf mein mehr oder weniger gemurmeltes „Herein" öffnet sich die Bürotür. Zunächst erkenne ich die Person nicht, die mir den Rücken zukehrt um die Tür zu schließen, als ich aufsehe. Erst als sie sich umdreht, erkenne ich den jüngeren der beiden Assistenten des Präsidenten. Ich erinnere mich, dass er George heißt. Seine Augen strahlen Sorge aus, obwohl seine Körpersprache ein anderes Bild zeigt.

„Ich bin im Auftrag des Präsidenten hier. Ich soll dich persönlich darüber in Kenntnis setzten, dass die Säuberungsaktion ab heute 12 Uhr offiziell wieder durchgeführt werden darf."

Die leichte Unsicherheit in seiner Stimme verwirrt mich. Als er fortfährt, ist sie auch schon wieder verschwunden.

„Der Präsident erwartet, dass die Säuberungsaktion innerhalb von drei Wochen abgeschlossen sein wird. Ist das aus deiner Sicht möglich?"

Ich atme tief durch, was mir einen etwas irritierten Blick einbringt, also antworte ich schnell.

„Das dürfte kein Problem sein. Aber ich werde mich zunächst mit meinen Mitarbeitern beraten und meine endgültige Einschätzung dann spätestens morgen früh abgeben." Sein zustimmendes Nicken beruhigt mich merkwürdigerweise ein bisschen und meine Konzentration richtet sich nun endgültig auf meinen Gesprächspartner, der sich gerade räuspert.

„Die Benachrichtigung über die Fortführung der Säuberungsaktion wird in diesem Moment an deine Mitarbeiter geschickt."

Mein stummes Nicken scheint ihn etwas zu verwirren.

„Ist etwas nicht in Ordnung?"

Hektisches Kopfschütteln meinerseits.

„Alles in Ordnung. Ich überlege nur gerade, wie wir sie am besten durchführen, ohne auch nur die geringste Aufmerksamkeit auf uns zu ziehen. Ich meine, die Bevölkerung ist jetzt ja sozusagen gewarnt und aufmerksamer. Es wird sicher nicht mehr ganz so einfach sein, an die Subjekte heranzukommen."

Mein Gegenüber nickt nachdenklich und sein Blick wandert durch den Raum. Plötzlich fällt mir auf, dass wir seit Beginn unseres Gespräches beinahe keinen Augenkontakt hatten. Nicht nur, dass ich diesen gerade grundsätzlich vermeide, auch er scheint nicht sehr erpicht darauf zu sein. Nach einem kurzen Seitenblick auf mich, dreht George sich zu meinem offenen Fenster um. Er macht den Eindruck, als wolle er etwas sagen, wäre sich jedoch nicht sicher, wie er es angehen solle. Ich warte, während ich seinen Rücken beobachte. Seine Schultern hängen ein wenig, er steht etwas vornübergebeugt. Irgendetwas belastet ihn, schießt es mir durch den Kopf.

„Denkst du je darüber nach, ob deine Arbeit genau das ist, was du machen möchtest?"

Er dreht sich um und sein ernster Blick trifft meinen. Doch diesmal habe ich nicht das Gefühl, wegschauen zu müssen. Ich zögere meine Antwort hinaus, sodass mein Gegenüber wieder das Wort ergreift.

„Hast du niemals das Gefühl, … naja …", er senkt seine Stimme.

„…, dass manche Dinge, die wir tun, falsch sind?"
Er wartet meine Antwort ab.

Meine Nervosität lässt mich auf meinem Stuhl hin und her rutschen. Ich schlucke hart, ehe ich mich traue, eine leise Antwort zu geben. Kurz frage ich mich, ob das ein Test ist. Andererseits habe ich das Gefühl, ihm trauen zu können.

„Vielleicht."

Meine zögerliche Antwort bringt ihn zum Schmunzeln.

„Weißt du, warum Isaac Ross mich als Berater wollte? Jemanden aus den mittleren Gebieten, jemanden ohne Vorfahren in den Regierungskreisen?"

Ich schüttle langsam den Kopf.

„Ich kann Menschen recht gut lesen, mich selbst können jedoch die wenigsten lesen."

Ein hektisches Klopfen durchbricht unsere etwas seltsame, zweifelbehaftete Konversation. Noch ehe ich in irgendeiner Weise reagieren kann, wird die Tür aufgerissen und Phillip stürmt herein. Die Tür fällt hinter ihm ins Schloss und seine laute Stimme erfüllt den Raum.

„Wir haben ein Problem. Ihr Chip sendet nicht mehr."

Erst jetzt scheint ihm aufzufallen, dass wir nicht allein sind. George betrachtet den erschrockenen Phillip leicht amüsiert.

„Dann habt ihr also die Benachrichtigung über die Wiederaufnahme der Säuberungsaktion schon erhalten."

Georges Amüsiertheit über den erschrockenen Gesichtsausdruck ist unüberhörbar.

Ein mittlerweile knallrot angelaufener Phillip geht ungewöhnlich zurückhaltend auf die Feststellung ein, während er nervös an der mitgebrachten Akte herumfummelt.

„Ja. Da dieses Subjekt etwas ... naja ... herausfordernder ist, wollte ich direkt überprüfen, wie ich weiter vorgehen kann."

Innerlich noch etwas nervöser und unbehaglicher als zuvor, helfe ich Phillip aus der für ihn sehr ungewohnten und unangenehmen Situation heraus.

„Ich kann den Chip kurz überprüfen."

Schnell wende ich mich meinem Monitor zu, um in der Ortungssoftware die Nummer ihres Chips einzugeben. Zu spät fällt mir auf, dass ich die sechs Zahlen eingebe, ohne Phillip nach der Akte zu fragen. Ein kurzer Seitenblick zeigt mir einen argwöhnisch dreinblickenden Phillip und einen geheimnisvoll lächelnden George. Das Piepen des Monitors lenkt unsere Aufmerksamkeit auf die pulsierende Warnmeldung, die uns anzeigt, dass keinerlei Informationen mehr übertragen werden. Ich schlucke heftig und hoffe inständig, dass es keiner der beiden bemerkt. Mit einigen Klicks rufe ich die Aufzeichnung der Daten der letzten Wochen auf. Die Software zeigt drei deutliche Ausschläge in den Werten. Nach dem letzten bricht die Verbindung ab. Die Entführung und das unkonventionelle Verhör und dann ..., denke ich bei mir. Mir wird beinahe schlecht beim Gedanken an das, was ich getan habe, doch ich reiße mich zusammen. Phillip, der unbemerkt hinter mich getreten ist, zeigt hektisch auf den Bildschirm.

„Da ist doch was komisch. Siehst du, was ich meine? Die ersten beiden Ausschläge sind ja klar. Aber was ist mit dem dritten, der zum Abbruch der Datenübertragung geführt hat? Die Daten weisen doch eindeutig auf Stress und Fieber hin. Der schnelle Puls, die erhöhte Temperatur. Aber was ist da passiert?"

Er scheint George komplett vergessen zu haben. Seinem Schweigen nach zu urteilen, erwartet er eine Erklärung von mir.

„Fieber. Du weißt doch, wo sie war. Und nach eurer Aktion wunderst du dich über Fieber? Ist das dein Ernst?"

Ich hoffe, dass er den merkwürdigen Unterton in meiner Stimme nicht bemerkt. Meine Sorge ist offensichtlich unbegründet, denn Phillip begibt sich mit hängenden Schultern wieder auf die andere Seite des Schreibtisches. Ein Blick auf George zeigt mir jedoch, dass ich ihn nicht vollständig täuschen konnte.

„Von welcher Aktion redest du denn?"

Sein neugieriger Blick wandert zwischen Phillip und mir hin und her. Ich schaue Phillip kurz an, der meinem Blick nicht standhält und antworte.

„Eine abteilungsinterne Sache. Nichts Großes."

An Phillip gewandt, versuche ich, die Situation zu retten.

„Wie wäre es, wenn du einfach mal nach ihr schaust?"

Mein nachdrücklicher Blick verbietet ihm jeglichen Widerspruch und er verlässt schweigend mein

Büro. George folgt ihm langsam in Richtung Tür und sieht mich kurz mit einem seltsam wissenden Blick an, dann ist auch er verschwunden. Aufatmend gehe ich zu meinem Fenster. Ich kann es noch nicht ganz glauben, dass sie mich nicht durchschaut haben. Mit der Erleichterung im Rücken beschließe ich, mir etwas zu essen zu besorgen und meine Mittagspause zu genießen.

SECHSUNDZWANZIG

„**D**a bist du ja, Andrew." Verwundert über die überschwängliche Begrüßung blickt er in das Gesicht seines Vaters, der auf einer der Eckbänke des Cafés sitzt und heute gute Laune zu haben scheint. Schon einige Jahre war Andrew nicht mehr hier. Doch es hat sich nicht viel verändert. Die Kronleuchter sind immer noch dieselben und auch die illustrierten Bilder von der Stadt hängen noch an den Wänden – eine Zeichnung neben jedem der Tische. Selbst das Gesicht der Bedienung, die John gerade seinen Espresso reicht, kommt ihm bekannt vor.

„Danke", entgegnet John der Kellnerin, die daraufhin nickt und sich Andrew zuwendet.

„Möchtest du auch etwas trinken, Andrew?"

Sie lächelt ihn an.

„Ich hoffe, es ist in Ordnung für dich, wenn ich dich Andrew nenne. Schließlich kenne ich dich schon, seit du so groß warst."

Sie deutet mit ihrer Hand auf Kniehöhe.

„Kannst du dich denn gar nicht mehr an Frau Davis, euer altes Kindermädchen erinnern?", wirft sein

Vater ein, während sich auf Andrews Stirn Falten bilden.

„Doch, jetzt, wo du es sagst", äußert Andrew unsicher und lächelt Frau Davis an.

„Du bist ganz schön groß geworden."

Sie kneift ihm in die Wange, als wäre er noch der kleine Junge von damals. Ein bisschen ist es Andrew unangenehm und er riskiert einen Blick zum Nachbartisch, an dem drei Frauen im Rentenalter Platz genommen haben. Doch diese scheinen in ihr Gespräch über ihre Enkel und ihre körperlichen Wehwehchen versunken zu sein.

„Dein Vater hat viel von dir erzählt."

Frau Davis mustert Andrew unauffällig und setzt hinzu: „Viel Positives."

Er nickt, hängt seine Jacke über den Stuhl und setzt sich. Für einen Moment hätte Andrew gerne gewusst, was sein Vater Erfreuliches über ihn zu berichten gehabt hatte. Hatte er ihn vielleicht deshalb hierher bestellt? Oder es war wie immer, und John wollte nur wieder einmal damit prahlen, welch' tolle Söhne er doch hat. Leicht nervös fährt Andrew über die Holzarmlehnen des Stuhles und hofft nicht zum ersten Mal inständig, dass sein Vater nicht mitbekommt, was er so treibt. Doch dann hätte er mich wohl kaum an einen öffentlichen Ort bestellt und ihm wäre viel früher die Hutschnur geplatzt, beruhigt sich Andrew im Geiste und lehnt sich entspannt zurück.

„Ich nehme ein Mineralwasser, bitte."

„Gerne. Ich lasse euch dann alleine. Ihr habt sicherlich noch etwas zu besprechen und ich sollte auch weiterarbeiten."

Noch kurz blickt John Frau Davis hinterher, ehe sie hinter der Theke verschwindet.

„Nun kommen wir zu dir. Und zu dem Grund, weshalb ich mit dir sprechen wollte."

Sein angedeutetes Lächeln, das eben noch da war, verschwindet, als John in das Gesicht seines Sohnes blickt. Unbewusst wird Andrews Körperhaltung aufrechter.

„Wir hatten in der letzten Zeit nicht wirklich die Gelegenheit, in Ruhe miteinander zu reden. Das wollte ich heute nachholen."

Stumm nickt Andrew ihm zu, damit er nicht Gefahr läuft seinem Vater ins Wort zu fallen.

„Ich muss zugeben, mir hat es gefallen, wie du bei Problemen mit deinen Mitarbeitern reagierst."

Für einen Moment glaubt Andrew, ein kleines, ernstgemeintes Lächeln auf den schmalen Lippen seines Vaters zu erkennen. Mit zwei Fingern führt John die Espressotasse an seinen Mund und schaut Andrew erwartungsvoll an.

„Das freut mich zu hören, aber das ist andererseits doch selbstverständlich. Schließlich trage ich viel Verantwortung in meiner Position."

Andrew vertraut darauf, dass sein Vater ihm die gesprochenen Worte abnimmt. John stellt die Tasse wieder zurück auf den runden Tisch.

„Du hast recht, nicht jeder genießt solche Privilegien wie du. Apropos Privilegien, nach Abschluss ...".

Er räuspert sich.

„Dann musst du dich auch wieder auf dein Studium fokussieren."

„Natürlich. Sobald die Sache abgeschlossen ist, werde ich mich wieder meinem Studium widmen", gibt Andrew seinem Vater zu verstehen. Frau Davis, die ihm gerade das bestellte Wasser bringen will, bleibt respektvoll hinter Andrew stehen, bis er seinen Satz beendet hat.

„Es ist toll, wie du all das meisterst. Deine Stelle als Abteilungsleiter, dein Studium."

Der Stolz in ihrer Stimme hört sich aufrichtig an, ganz im Gegensatz zu seinem Vater. Schnell stellt sie das Mineralwasser auf den Tisch.

„Danke", antwortet er.

Als Frau Davis sich wieder von ihnen entfernt hat, fügt John hinzu: „Gut. Ich hoffe, du weißt, auf welcher Seite du stehst."

Sein Vater blickt ihn plötzlich starr und mit kalter Miene an. Ein eisiger Schauer jagt für einen Augenblick durch Andrews Körper. Jetzt bloß nicht unsicher werden, haucht ihm die flüsternde Stimme in seinem Hinterkopf ein. Sonst fliegst du auf.

„Daran musst du mich nicht erinnern, ich weiß, was auf dem Spiel steht", entgegnet er seinem Vater selbstsicher.

„Gehen wir davon aus, du wärst Jonathan, dann würde ich dir das sofort glauben. Aber da du nun mal nicht Jonathan bist, bleiben meine Zweifel bestehen."

Er lässt Andrew nicht zu Wort kommen:

„Und du weißt, ich kann es nicht leiden, ...", seine Stimme wird lauter,

„..., wenn du unseren Namen mit Dreck beschmutzt oder Fehler von anderen deckst."

Die älteren Damen schauen zu ihnen herüber, offensichtlich erschrocken über die Aggression in Johns Stimme. Als John ihre Blicke erwidert, wenden sie sich ab und setzen schnell ihr Gespräch fort.

„Sicher weiß ich das", gibt Andrew seinem Vater zu verstehen.

„Das wird auch nicht geschehen", fügt er souverän hinzu. Nein, schlimmer noch – es ist schon geschehen, lästert die Stimme in seinem Hinterkopf.

„Das will ich für dich hoffen. Du wirst jede Aktion, die nicht von dir oder von ganz oben abgesegnet war, sofort melden. Du wirst deinem Amt würdig sein und im Sinne der einzuhaltenden Regeln handeln."

„Natürlich Vater, du kannst dich bedenkenlos auf mich verlassen."

SIEBENUNDZWANZIG

Amelia

Ich laufe unruhig von einem Ende des Raumes zum anderen und bleibe zum gefühlt hundertsten Mal vor dem zerstörten Fenster stehen, von dem nur noch einige gezackte Glassplitter im verwitterten Holzrahmen übrig sind. Mein Blick wandert über die halb zugewachsene Straße.

„Wo bleibt er nur so lange?", murmle ich nervös vor mich hin. Um auf andere Gedanken zu kommen, inspiziere ich die mir mittlerweile recht vertrauten Räume des alten Hauses. Auch, wenn es von außen einen recht maroden und heruntergekommenen Eindruck macht, ist es von innen erstaunlich gut erhalten. Natürlich sind nach der langen Zeit des Leerstandes keine Tapeten, Teppiche oder sonstige Dekorationen übrig, einige Möbelstücke sehen jedoch durchaus noch brauchbar aus. Das Zimmer, das ich bewohne, seit ich hier draußen bin, habe ich mit Andrews Hilfe etwas hergerichtet. Wenn man das so nennen kann, denke ich, während ich meinen Blick über meinen Schlafplatz wandern lasse. Der Schlafsack, den mir Andrew vorbeigebracht hat, ist in den Nächten Gold wert. Denn hier kann es ganz schön ungemütlich werden, vor allem bei dem Wetter der letzten Tage.

Meine Nervosität kommt zurück und ich überlege, was ich tun würde, falls Andrew nicht zurückkäme. Kopfschüttelnd vertreibe ich den Gedanken und stapfe entschlossen die Treppe ins Obergeschoss hinauf. Einzelne Stufen fehlen bereits. Ob der Zahn der Zeit an ihnen nagte oder es Jugendliche waren, die hier ab und zu herkamen, um gegen die Regeln zu verstoßen, lässt sich nicht mehr feststellen. Direkt gegenüber der Treppe hängt ein Spiegel, in das sich mein Spiegelbild langsam von unten her hineinschiebt. Auf dem Treppenabsatz angekommen, sehe ich mich in voller Pracht. Bei dem Anblick erschrecke ich.

Sehe ich wirklich so schlimm aus? Zweifelnd streiche ich über die dreckige Oberfläche des Spiegels und hinterlasse dabei Streifen. Zerzauste, ungewaschene Haare, müde Augen und dreckige Klamotten. Unbewusst knabbere ich an meiner Lippe. Noch nie hatte ich übermäßig viel Wert auf mein Äußeres gelegt, aber jetzt ist es mir plötzlich wichtig, wie meine Außenwelt mich sieht. Wie Andrew mich sieht.

Wie sich das entwickelt hatte, kann ich selbst nicht mehr genau nachvollziehen. Im Versuch zu verstehen, gehe ich gedanklich unsere Begegnungen durch. Vielleicht hatte es schon damals in der Bibliothek angefangen. Wie ich ihn immer und immer wieder beobachtet und ihn dann schelmisch angegrinst hatte, als ich das Buch mitnahm. Das war wohl der Beginn der Geschichte für ihn. Doch ich fand ihn schon vorher interessant, als ich ihn einige Male beobachtet hatte. Seine dunklen Haare, seine Körperhaltung. Vielleicht auch das Wissen, niemals an ihn heranzukommen, da er offensichtlich gesellschaftlich über mir steht. Was ja doch nicht so ganz stimmt, zumindest was das Herankommen angeht, denke ich mir und ein Lächeln schleicht sich auf meine Lippen. Im Nachhinein betrachtet, hatte er sich seit diesem Zeitpunkt immer wieder in meine Gedanken geschlichen. Er ist anders als die anderen Männer, die ich aus seinen Kreisen kenne. Die anderen behandelnd mich eher herablassend und wenden sich schnell ab, wenn sie mich sehen. Auch im Krankenhaus haben sie sich immer nur sehr unwillig von mir behandeln lassen, wenn ich selten einmal auf einer der höheren Stationen eingeteilt war. Auch, wenn er mir aufgelauert und mich bedroht hatte, war damals schon etwas dagewesen. Dieses Gefühl, das mich langsam erfüllt, jedes Mal, wenn ich an ihn denke. Zunächst dachte ich, dass es nur der Triumph war, ihn weggeschickt zu haben, ohne irgendwelche Konsequenzen dafür zu befürchten. Nach ein paar Tagen bemerkte ich eine leise Enttäuschung in mir, dass er nicht doch hartnäckiger gewesen war. Schließlich dachte ich zu diesem Zeitpunkt, dass ich ihn nie wiedersehen würde.

Ich lege meinen Kopf schief und sehe meinem Spiegelbild tief in die Augen. Aus diesem Moment heraus betrachtet, kann ich froh sein, dass meine Befürchtung, ihn nie wiederzusehen, nicht erfüllt wurde. Unsere Geschichte im Kopf durchgehend, gelange ich am schlimmsten Punkt an, der mein Lächeln wieder verschwinden lässt. Selbst das warme Gefühl, das sich in meinem Bauch ausbreitet, jedes Mal, wenn ich an ihn denke, kühlt in diesem Moment ab. Er hatte mich niedergeschlagen und entführt. Das ist der Aspekt, den ich einfach nicht nachvollziehen kann. Auch, wenn ich vieles anderes, was er getan hatte, verstehen kann. Noch nie in meinem Leben war ich so voller Angst gewesen, als in dem Moment, in dem er mich gepackt hatte. Schnell schaue ich zu Boden. Den Schmerz und die Verletzlichkeit in meinen eigenen Augen kann ich nicht ertragen. Schnell springe ich gedanklich zum nächsten Ereignis. Das warme Gefühl kommt zurück, jedoch viel verhaltener, als zuvor. Die Rettung vor seinen Mitarbeitern und … der Schlag. Ich verstehe, warum er das tun musste und trotzdem hat es mir Angst gemacht. Wieso ich ihm später zugehört hatte, als er mir erklärte, dass ich sterben müsse, weiß ich nicht mehr. Aber noch viel weniger verstehe ich, dass er mir zugehört hatte. Dass er die Möglichkeit mit dem Barbiturat in Betracht gezogen hatte, ohne zu wissen, ob es wirklich funktionieren würde. Aber mit dem Wissen, dass er schlimme Konsequenzen zu erwarten hatte, wenn es herauskam. Das war wohl der Moment, in dem mir klar wurde, dass ich ihn mochte, vielleicht sogar etwas mehr. Er hörte mich an, obwohl er eindeutig in der Lage war über mich zu bestimmen. Seit ich hier bin, habe ich genug Zeit nachzudenken – zu viel Zeit. Ich will nicht wissen, wann der Zeitpunkt war, zu dem all das begonnen hatte oder wie es meiner Familie ging. Ich hoffe einfach das Beste. Ich weiß, wie es jetzt ist und dass es in Ordnung ist, die beste Möglichkeit in Anbetracht der Umstände. Doch noch immer habe ich keine Ahnung, wie es weitergehen wird. Was morgen, übermorgen oder in einer Woche ist. Zweifelnd blicke ich wieder in den Spiegel und sehe, dass ich wieder einmal unbewusst an meiner Lippe herumkaue. Ist es wirklich richtig ihm zu vertrauen? Die Frage geistert schon länger in meinem Kopf herum und ich weiß nicht genau, wie ich sie beantworten soll. Was ich weiß ist, dass es momentan meine einzige Möglichkeit ist zu überleben.

Ein Flattern ertönt und ich schaue erschrocken aus dem Fenster neben dem Spiegel. Ein Vogel fliegt am Fenster vorbei. Das plötzliche Brennen an meiner Unterlippe, an der ich gerade noch geknabbert habe, und die feine rote Blutspur haben mir gerade noch gefehlt. Genervt fahre ich mit meiner Hand über den Riss, da ertönt erneut ein flatterndes Geräusch. Alarmiert blicke ich aus dem Fenster direkt neben meinem Spiegelbild. Erleichterung macht sich in mir breit. Andrew ist zurück.

So schnell ich kann, renne ich die Treppe hinunter und reiße die Haustür auf. Mein Gegenüber sieht mich erschrocken an, doch darauf kann ich keine Rücksicht nehmen. Meine Neugier ist zu groß.

„Da bist du ja endlich wieder! Hat alles geklappt? Hast du die Medikamente? Ich habe mir schon Sorgen gemacht", rede ich auf ihn ein. Er streckt mir wortlos eine Tasche entgegen, welche ich ihm sofort aus der Hand reiße, um ihren Inhalt zu überprüfen.

„Sehr gut. Das sind die richtigen Medikamente und die Menge ist ja der Wahnsinn. Das reicht für mindestens vier bis fünf Wochen."

Während ich die Tasche kontrolliere, gehe ich zurück zu meinem Lager. Erst jetzt merke ich, wie still Andrew ist.

„Was ist los? Hat dich jemand gesehen?", frage ich ihn. Er weicht meinem Blick aus, was mich stutzig macht.

„Jetzt sag schon."

„Diese Oberschwester, von der du mir erzählt hast ... sie ... naja ... sie hat mich erwischt ...", druckst er herum.

„Deanne? Wird sie dich verraten?"

Er schüttelt den Kopf.

„Was ist dann das Problem?", frage ich bereits leicht genervt von dem Umstand, dass er sich alles aus der Nase ziehen lässt.

„Da war auch so ein Arzt. Ich weiß nicht. Er war irgendwie merkwürdig. Ich bin mir nicht sicher, ob ich ihn täuschen konnte."

Zum ersten Mal seit er wieder hier ist, blickt er mir direkt in die Augen. Ich sehe seine Unsicherheit und frage mich zum wiederholten Male, warum Andrew so viel aufs Spiel setzt, nur um mich zu retten.

„Wir sollten noch warten, bevor wir fliehen."

Ich schaue ihn kurz verständnislos an.

„Sie sollten keine Verbindung zwischen dem Verschwinden der Medikamente und unserer Flucht herstellen können."

Ich nicke verstehend.

„Wie lange noch?"

„Ein paar Wochen vielleicht. Ich weiß es nicht."

Nach ein paar Minuten belangloser Gespräche über meinen Schlafplatz verabschiedet sich Andrew und verlässt das Haus. Ich schaue ihm durch eines der Fenster im Erdgeschoss nach, bis er hinter den Bäumen verschwunden ist. Nachdenklich schweift mein Blick über die anderen Gebäude in der Straße. In ein paar hundert Metern Entfernung erkenne ich die geschwungene Veranda meiner ersten Unterkunft. Bevor meine Gedanken in die falsche Richtung abschweifen können, drehe ich mich seufzend um. Ich stoße mich von der Wand ab, gehe zu der durchgelegenen Matratze, die als mein Schlafplatz dient, hinüber und lasse mich schwer darauf nieder. Meine Gedanken wandern in eine andere Richtung. Was wird aus Caelan, wenn ich nicht mehr in der Stadt bin? Und was aus meiner Mutter und Rafe? Wenn ich weg bin, wird Deanne die Medikamente nicht mehr vorstrecken und mein kleiner Bruder wird … Ich unterbreche den Strudel düsterer Gedanken. Denn so darf ich nicht denken. Wenn ich hierbleibe, werde ich getötet. Und Andrew auch. Selbst, wenn ich mich dagegen wehre, weiß ich doch, was die einzige Lösung ist: Andrew und ich müssen fliehen. Und wir können vermutlich niemals wieder zurückkommen.

ACHTUNDZWANZIG

Andrew

Heute bin ich etwas später als gewöhnlich zur Arbeit erschienen, was glücklicherweise niemandem aufgefallen ist. Ansonsten hätte dieser Umstand zu unnötig langen Diskussionen geführt, auf welche ich momentan überhaupt nicht vorbereitet bin. Mein erster Weg führt mich zu meinen Untergebenen, die merkwürdigerweise fast alle hinter ihren Schreibtischen sitzen und angestrengt auf ihre Bildschirme starren. Nur Phillips Platz ist verwaist. Ich hätte eigentlich erwartet, dass sie alle unterwegs wären, um ihre Aufträge zu erfüllen. Schließlich läuft uns die Zeit davon. Die recht optimistisch gesetzte Deadline des Präsidenten, die ich dummerweise bestätigt habe, bringt uns in Zeit- und Handlungsdruck. Der konzentrierten Arbeit meiner Wächter zufolge, sind sie sich dessen mehr als bewusst. So engagiert bei der Sache habe ich sie schon lange nicht mehr gesehen. Nicht, dass sie faul wären, aber das lockere Arbeitsklima, das normalerweise durch Gespräche und Lachen entsteht, ist einer beinahe unangenehmen Stille gewichen. Sie scheinen noch nicht einmal zu bemerken, dass ich mich ihren Arbeitsplätzen in dem großen

236

Gemeinschaftsbüro genähert habe. Einzig Finn schaut kurz auf und schenkt mir ein nervöses Lächeln, um sich dann gleich wieder dem Geschehen auf seinem Bildschirm zu widmen. Beinahe ist es mir unangenehm, die Konzentration und Ruhe zu unterbrechen. So räuspere ich mich erst einmal leise, um die Aufmerksamkeit auf mich zu ziehen. Zwei Augenpaare sehen mich daraufhin etwas genervt an, während Finns Blick Aufmerksamkeit widerspiegelt.

„Guten Morgen, Leute. Wie läuft die Bearbeitung der übrigen Akten? Seid ihr schon weitergekommen?"

Ich bemühe mich bewusst, den Namen dieses grausamen Schauspiels nicht zu verwenden.

„Wir sind gerade dabei, unsere Vorgehensweise zu planen. Später werden wir dir unsere Ergebnisse mitteilen und auf deine Freigabe warten."

Den Rest muss Mike nicht aussprechen, er hängt wie ein drohender Schatten über uns. Es sollte nicht noch einmal zu einer Aufdeckung kommen. Die Antwort hätte auch Wort für Wort aus einem Lehrbuch des Ausbildungslagers stammen können, was mich etwas verwirrt.

„Okay, weiß einer von euch, wo Phillip sich aufhält?"

Diesmal ist es Luke, der sich zu einer etwas weniger höflichen Antwort herablässt.

„Er arbeitet. Was sollte er sonst tun?"

Nickend gehe ich langsam zur Tür zurück. Als ich an Finns Schreibtisch vorbeikomme, schaut er schnell weg und schiebt nervös die Seiten einer Akte hin und her. Ein Lächeln erscheint auf meinen Lippen. Er erinnert mich immer mehr an mich selbst, bei meiner ersten Säuberungsaktion.

„Wie siehts bei dir aus Finn? Alles klar?"

Er schaut mir erschreckt entgegen und druckst zunächst etwas herum, ehe er sich räuspert und mir mit für ihn erstaunlicher Sicherheit eine Antwort gibt.

„Ich habe mich eingehend mit der Akte beschäftigt und Herrn Runo ...äh... ich meine das Subjekt beschattet. Ich denke, ich weiß, wie er am unauffälligsten ausgeschalten werden kann. Ich werde den Plan noch vollständig ausarbeiten und ihn dir dann präsentieren."

Das Gekicher der anderen Beiden im Hintergrund ignoriere ich. Die Tatsache, dass er eines der Subjekte mit Namen angesprochen hat, kann ich jedoch nicht ignorieren. Das ist der beste Weg, um so zu werden, wie ich es bin. Ein Zweifler. Ich hoffe, ihm bleibt mein Weg erspart, denke ich, während ich mich nach einem kurzen Nicken in Finns Richtung erneut auf den Weg zur Tür mache. Bevor ich durch die Tür trete und sie hinter mir schließe, verabschiede ich mich mit einem Dann sehen wir uns ja später von meinen Mitarbeitern.

Durchatmend, die Provokation Lukes herunterschluckend, mache ich mich auf den Weg zurück zu meinem Büro. Den Blick auf den Boden gerichtet, bemerke ich die Person, die mir entgegenkommt erst, als sie mich grüßt.

„Guten Morgen, Andrew."

Georges Stimme klingt unnatürlich laut durch den leeren Flur. Auch hatte ich ihn nicht als einen Menschen kennengelernt, der ohne Grund übertrieben laut redet. Seine Augen fixieren mich, als wollte er mir etwas mitteilen. Mein Blick wandert auf einen Aktenstapel in seinen Händen, während ich ihm ebenfalls einen guten Morgen wünsche. Ich denke mir nichts dabei und gehe weiter meines Weges. George ist schon beinahe an mir vorbei, als er mich ohne Vorwarnung seitlich so heftig anrempelt, dass die Papiere zu Boden fallen. Kurz zögere ich. Das hat beinahe so ausgesehen, als sei es Absicht gewesen. Schnell bücke ich mich und sammle einige der Seiten zusammen. Die Stimme meines Gegenübers wirkt erneut unnatürlich laut.

„Das tut mir echt leid. Danke, dass du mir hilfst."

Plötzlich spüre ich seine Hand an meiner Seite auf Höhe meiner Jackentasche und er zischt mir mit zusammengekniffenen Zähnen einige Worte zu.

„Nimm das. Geh ganz normal in dein Büro. Lies es erst dort. Überwachungskameras."

Meine Hand wandert möglichst unauffällig an meine Seite, um den kleinen Zettel, den mir George zwischen die Finger schiebt in meiner Tasche verschwinden zu lassen, und übergebe ihm die Papiere, die ich vom Boden aufgesammelt habe.

„Kein Problem, George."

Mit diesen Worten drehe ich mich um und gehe den Flur weiter entlang. Leicht nervös versuche ich vergebens, die eben erwähnten Überwachungskameras zu entdecken. Vielleicht hat George sich getäuscht. Andererseits ist er wohl einer der bestinformiertesten Menschen der Stadt, von Aiden einmal abgesehen. Auch als die Tür meines Büros hinter mir ins Schloss gefallen ist, wage ich es nicht, den kleinen Zettel hervorzuholen. Ich lasse erst einige Minuten verstreichen, ehe ich mich dazu durchringen kann. Georges Handschrift ist sehr akkurat, jedoch auch klein, was mir im ersten Moment Probleme bereitet, die hastig hingeschriebenen Worte zu entziffern. Wie immer, wenn ich etwas lese, murmle ich währenddessen leise vor mich hin.

„Treffen 12 Uhr. Vor Haupteingang. Wichtig!"

Verwirrt runzle ich meine Stirn. Was kann so wichtig und vor allem so geheim sein, dass er es mir nicht einfach sagen kann? Ein hektisches Klopfen lässt mich zusammenfahren. Schnell husche ich hinter den Schreibtisch, um den Schrieb vorerst unter der wenig benutzten Schreibunterlage verschwinden zu lassen. Bevor ich „Herein" rufen kann, wird die Tür bereits aufgerissen und Phillip steht aufgeregt vor mir. Seine Worte überschlagen sich beinahe, während er mit einer Akte vor meinem Gesicht herumwedelt.

„Ich habe was rausgefunden. Das ist unglaublich. Diese eine Frau, von der ich dachte, dass sie langweilig ist. Sie hat doch diese merkwürdige Chipnummer, die einfach nicht zu ihrer Zone passt …“.

Ich schaue ihn mäßig interessiert an, meine Gedanken schweifen jedoch zu dem kleinen Zettel von George ab, zu dem, was er mir mitzuteilen hat. Mein Gegenüber sieht mich plötzlich ein wenig merkwürdig an und ich nehme an, dass er mich etwas gefragt hatte. Seine Augen nehmen einen genervten Ausdruck an.

„Sag mal, hörst du mir überhaupt zu? Ich habe dir gerade von einem Sensationsfund erzählt. Diese Frau hat offensichtlich Verbindungen in höchste Regierungskreise und du interessierst dich nicht einmal dafür? So langsam zweifle ich echt an deiner Eignung für diese Position.“

Allmählich werde ich wütend. Als ob er nicht schon seit meiner Beförderung zum Obersten Wächter an mir zweifeln würde.

„Natürlich höre ich dir zu, aber ich habe im Moment echt andere Dinge im Kopf. Die Nachwirkungen eurer unbedachten Aktion sind immer noch nicht ausgestanden. Zumindest für mich nicht, weil ich meinen Kopf für euch hingehalten habe. Wenn du ihre Verbindungen so spannend findest, dann finde doch heraus, wo sie herkommt und dann erledige deinen Job. Damit wir diese leidige Angelegenheit endlich hinter uns bringen können.“

Etwas ruhiger sieht er mich nun an, so, als wüsste er nicht genau, was er darauf erwidern könnte. Schließlich verabschiedet er sich murmelnd und begibt sich zur Tür, an der er sich noch einmal umdreht.

„Ich dachte, ich soll dich als meinen Vorgesetzten über weitere Schritte informieren, die nicht zu meinem direkten Auftrag gehören."

Mit diesen Worten verlässt er mein Büro. Beinahe habe ich ein schlechtes Gewissen, schließlich hat er wirklich nur meiner Anweisung entsprochen. Nach einem kurzen Blick auf meine Uhr stehe ich auf, verlasse mein Büro und gehe langsam in Richtung Haupteingang zu diesem offensichtlich geheimen Treffen mit George, ohne zu ahnen, was dieser mit mir zu besprechen haben könnte.

◆◆◆

Ich sehe George bereits, als ich durch die große Eingangstür nach draußen trete. Von seinem Standpunkt, etwa 10 Meter entfernt, hat er mich offensichtlich auch bemerkt. Er wirft mir einen intensiven Blick zu, ehe er sich umdreht und langsam davonläuft. Meine innere Stimme sagt mir, dass ich ihm nachgehen sollte. Diesem Gefühl folgend, setze ich mich erneut in Bewegung.

◆◆◆

Nach einer gefühlten halben Stunde bleibt George endlich in einer verlassenen Gasse stehen und dreht sich zu mir um. Als ich näherkomme, blickt er sich noch einmal um, um sicherzugehen, dass uns niemand verfolgt hat.

„Du fragst dich wahrscheinlich, wozu dieses Versteckspiel gut sein soll, oder?"

Ich nicke.

„Okay, ich will es kurz machen. Es läuft eine Untersuchung gegen dich. Wie kamst du bloß auf die Idee, Strahlenschutzmedikamente aus dem Krankenhaus zu stehlen?", konfrontiert er mich mit meinem Fehlverhalten und trifft mich damit völlig unvorbereitet. Mein Blick wandert zu Boden und ich überlege fieberhaft, wer mich verraten haben könnte. Als ich wieder aufblicke, wartet George immer noch auf eine Antwort.

„Naja, ... ich ... ähm ...", George winkt ab.

„Eigentlich will ich es gar nicht wissen. Aber warum lässt du dich dabei erwischen? Ich dachte, du wärst so gut darin, nicht erwischt zu werden."

Meine rasenden Gedanken erschweren mir eine klare Antwort.

„Ich ... ich weiß nicht genau. Hat die Oberschwester mich verraten? Ich dachte eigentlich, ich könnte ihr vertrauen."

Sich immer wieder umsehend, versucht George, mich zu beruhigen.

„Nein, sie hat bei einer Befragung nur angegeben, dass es ein Regierungsmitarbeiter war, deshalb habe sie auch nicht weiter nachgefragt und die Medikamente herausgegeben. Aber ihr Mann, der Oberarzt, konnte dich sehr gut beschreiben."

Mein Herzschlag passt sich meinen rasenden Gedanken an.

„Warum wurde ich dann noch nicht festgenommen? Wenn klar ist, dass ich Strahlenschutzmedikamente gestohlen habe? Ich meine, … naja… das ist doch unter …".

„Ja, es ist unter Strafe verboten", schneidet George mir das Wort ab.

„Sie wissen es aber nicht. Sie wissen nur von Medikamenten. Mehr haben sie noch nicht herausgefunden. Aber das wird nicht mehr lange dauern."

Er atmet tief durch.

„Du musst von hier verschwinden. Heute noch. In Anbetracht dessen, welche Medikamente du mitgenommen hast, hattest du das früher oder später sowieso geplant, oder?"

Ich nicke langsam und bin mir sehr wohl darüber bewusst, was das nun heißt.

„Geh zu Amelia. Bring sie zum Tor. Ich sorge dafür, dass jemand Dienst hat, der uns wohlgesonnen ist."

Ich schaue ihn verwirrt an.

„Woher wissen Sie das mit Amelia?"

„Erinnerst du dich, was ich dir bei unserer letzten Unterredung in deinem Büro gesagt habe?"

Er hält kurz inne, um mir ein geheimnisvolles Lächeln zu schenken.

„Deinen Chip werde ich deaktivieren. Dann können sie euch nicht aufspüren."

Ich nicke und will mich schon auf den Weg machen, doch eine Frage muss ich noch loswerden.

„Warum tun Sie das?"

Er sieht mich fest an.

„Weil ich weiß, dass wir auf derselben Seite stehen und du innerlich schon längst für die richtige Seite Partei ergriffen hast."

„Danke."

Noch nie habe ich etwas so ernst gemeint, wie dieses Wort. Er nickt nur und treibt mich mit einer Armbewegung zur Eile an.

Ich drehe mich um und bin schon fast um die nächste Ecke verschwunden, als er mir noch etwas zuruft.

„Es ist schade, dass wir uns erst so spät kennengelernt haben. Wir hätten gut zusammenarbeiten können."

Mit diesen Worten dreht auch er sich um.

„Das glaube ich auch, George", murmle ich lächelnd vor mich hin.

Dann holt mich mein schneller Herzschlag in die Realität zurück. Es geht jetzt nicht mehr nur darum, Amelia aus der Stadt zu schaffen und ihr irgendwann vielleicht zu folgen. Wir müssen beide die Stadt verlassen. Und zwar so schnell wie möglich, denn unsere Leben hängen davon ab. Mit diesen beunruhigenden Gedanken renne ich los. Mein Ziel fest vor Augen, hetze ich in Richtung Amelia. Raus aus dem Regierungsviertel, durch Seitenstraßen, immer weiter in Richtung der verlassenen Zone und

des Abbruchhauses. Letztendlich in Richtung Freiheit. Hoffentlich.

NEUNUNDZWANZIG

Amelia

Die Tür fliegt auf und knallt scheppernd gegen die Wand. Erschrocken drehe ich mich um und sehe einen nach Atem ringenden Andrew im Rahmen stehen.

„Wir müssen sofort los. Jemand hat uns verraten. Es wird nicht mehr lange dauern, bis sie uns finden", bringt er atemlos hervor. Geschockt von der Erkenntnis, kann ich mich weder rühren noch irgendetwas dazu sagen. Mein Gegenüber kommt schnellen Schrittes auf mich zu und packt mich an den Schultern.

„Amelia! Wir können nicht mehr warten! Wenn wir jetzt nicht gehen, werden sie uns töten!"

Noch immer starr vor Schreck, starre ich ihn an. Meine Gedanken rasen.

„Aber … wir können noch nicht weg. Wir hatten das doch ganz anders geplant. Der Medikamentendiebstahl ist doch noch gar nicht so lange her und ich dachte …".

„Amelia, das ist jetzt egal. Wir müssen jetzt los."

Er lässt mich stehen und rafft meine Sachen zusammen. Der unausgesprochene Teil meines Satzes hallt in meinem Kopf nach: Ich dachte, ich könnte meine Familie noch ein letztes Mal sehen. Ich dachte, ich könnte Caelan noch einmal sehen und ihm sagen, dass es mir leidtut.

Ich erwache aus meiner Schockstarre, als ich etwas Feuchtes meine Wange hinunterlaufen spüre. Hastig wische ich die salzige Tränenspur weg und wende mich Andrew zu, der in der Zwischenzeit meinen Schlafsack und einige übrige Essensvorräte bis zum letzten Stück zusammengerafft und in einen alten Rucksack gestopft hat.

Er dreht sich zu mir um und streckt mir den Rucksack entgegen. Die Tasche mit den Medikamenten hält er in der anderen Hand. Ohne zu zögern, schnappe ich mir das Bündel und folge ihm aus der Bruchbude hinaus ins Freie. Dort greift er nach einem Rucksack, den er wohl beim Hereinkommen achtlos neben die Eingangstür geworfen hat. Kurz zögere ich noch, während er schon die Straße hinunter läuft. Schmerzlich wird mir bewusst, dass ich mein ganzes Leben und alles, was ich besitze, auf meinem Rücken trage. Ich denke an Caelan, an meine Mutter und an Rafe und versuche, mir so ihr Aussehen genau einzuprägen, um sie niemals zu vergessen.

„Amelia!"

Andrew reißt mich aus meinen Gedanken. Er steht bereits einige hundert Meter von mir entfernt und winkt mir hektisch zu. Ich laufe los und noch ehe ich ihn einholen kann, dreht er sich um und fällt ebenfalls in einen schnellen Trab. So laufen wir durch die verlassene Zone, bis wir an den Rand der Stadt kommen. Dort halten wir kurz an, um wieder zu Atem zu kommen.

Plötzlich läuft eine große Gruppe schwarz gekleidete Männer an der Gasse vorbei, in der wir verschnaufen. Andrew packt mich und zieht mich hinter eine Hausecke.

„Verdammt!", stößt er zwischen seinen zusammengepressten Zähnen hervor. Ich sehe ihn verwirrt an.

„Was ist los? Wer sind diese Männer?"

„Sie gehören zur Regierung. Ich glaube, sie sind auf der Suche nach uns."

Er schluckt einmal, bevor er mich an den Oberarmen packt und mich mit einem eindringlichen Blick fixiert.

„Wir müssen etwa 300 Meter über eine größere Straße zum Tor laufen. Wenn uns die Männer sehen, ist alles vorbei. Wenn sie uns sehen, sind wir tot. Sobald ich sage „lauf", läufst du los, ohne dich umzusehen. Egal, was passiert, du bleibst nicht stehen, bis du am Tor bist. Hast du mich verstanden?"

Ich nicke erst, doch dann schüttle ich energisch den Kopf.

„Wir fliehen zusammen. Hast du das vergessen? Ich lasse dich nicht zurück."

Er scheint nicht begeistert von meiner Antwort, und doch nickt er.

Wir spähen um die Ecke, doch es ist niemand mehr zu sehen. Im Laufschritt durchqueren wir mehrere Seitenstraßen, bis wir zur Hauptstraße kommen, die zu unserem Tor in die Freiheit führt. Ein paar Leute sind unterwegs, jedoch weniger, als auf anderen Hauptstraßen, was vermutlich an der Lage des südlichen Nebentores liegt. Wir betreten die Hauptstraße und gehen zügig nebeneinander her den von Andrew erdachten Fluchtweg entlang. Nach wenigen Metern schiebe ich vorsichtig meine Hand in seine. Erst sieht er mich etwas erschrocken an, dann stiehlt sich ein Lächeln auf sein Gesicht und er drückt meine Hand ein wenig.

Als wir wieder nach vorne sehen, sehe ich einen jungen Mann etwa in unserem Alter, der eilig vom Torgang über eine schmale Leiter herunterklettert. Andrew beschleunigt seine Schritte, doch ich bleibe abrupt stehen. Denn der Wachmann kommt im Laufschritt auf uns zu.

„Andrew, mir ist das nicht geheuer. Lass uns umdrehen, ehe er unsere Gesichter sieht."

„Ist schon in Ordnung. Das ist Aiden, wir können ihm vertrauen. Ich kenne ihn schon seit Ewigkeiten." Mit diesen Worten dreht er sich wieder in die Richtung seines Bekannten um, der uns mittlerweile fast erreicht hat, während ich mich beunruhigt umschaue. Ich lasse mich von Andrew unwillig einige Schritte hinterherziehen.

Mittlerweile steht Aiden vor uns und schaut uns ungläubig an.

„Das glaube ich jetzt nicht. Du bist also der, der rausgeschleust werden muss? Und du musst dann wohl Amelia sein."

Er sieht mich direkt an, was mich merkwürdigerweise nicht einmal beunruhigt.

„Ich dachte, du hättest heute frei", antwortet Andrew unserem Gegenüber ein wenig argwöhnisch. Fast unmerklich zieht er mich ein Stückchen näher zu sich heran. Aiden grinst, was mich zu der Annahme verleitet, dass er Andrews Reaktion bemerkt haben muss.

„Das dachte ich eigentlich auch. Bis vor einer Stunde war ich auch noch zuhause. Dann kam plötzlich eine Nachricht zur Diensteinteilung, unterzeichnet von oberster Stelle. Kannst du dir das vorstellen? Der Assistent des Präsidenten wollte unbedingt, dass ich heute arbeite. Aber jetzt kommt mir das nicht mehr ganz so abwegig vor. Kommt."

Er dreht sich um und geht schnellen Schrittes vor uns her.

Andrew murmelt einen Namen vor sich hin, mit dem ich allerdings nichts anfangen kann.

„Wer ist George?", frage ich ihn.

„Ein Freund."

Kurz darauf erreichen wir das Tor, welches Aiden nach einem kurzen Schulterblick öffnet. Dann knackt plötzlich sein Funkgerät und eine Stimme ertönt:

„An alle Wachposten. Es sind Flüchtige in der Stadt unterwegs. Auf keinen Fall eines der Tore öffnen, auch nicht für Regierungsmitglieder. Eine Staffel Soldaten wird innerhalb der nächsten Minuten bei Ihnen eintreffen."

Kurz sehen wir uns alle erschrocken an. Aiden ist der erste, der seine Sprache wiederfindet.

„Jetzt geht schon!"

Ein Geräusch lässt uns alle herumfahren. Am Ende der Hauptstraße biegt die soeben angekündigte Soldaten-Staffel um die Ecke.

Aiden seufzt und schaut Andrew eindringlich an.

„Tu es!"

Ich weiß nicht, was er meint und schaue verwirrt zwischen den beiden jungen Männern hin und her.

Andrew schaut kurz zu mir, ehe er zu Aiden sagt:

„Es tut mir leid."

Dann schlägt er Aiden ohne zu Zögern ins Gesicht. Dieser stürzt mit blutender Nase zu Boden und bleibt dort liegen. Erschrocken will ich mich instinktiv zu ihm beugen, doch Andrew packt mich am Ellbogen, stößt das Tor weiter auf und rennt hindurch. Zunächst stolpere ich ihm etwas hilflos hinterher, ehe ich mich zusammenreiße und ebenfalls losrenne. Wir tauchen ins Zwielicht des Waldes ein und laufen immer weiter.

Ich weiß nicht, wie lange wir schon über Wurzeln gesprungen und immer tiefer in den Schatten der dicht stehenden Bäume eingetaucht sind, als wir schwer atmend stehenbleiben. Wir sehen uns an und ich erkenne den Schmerz in seinen Augen. Noch bevor wir zu Atem kommen, höre ich ein Knacken im Unterholz. Wir wollen schon reflexartig weiter-

rennen, als eine Frau zwischen den Bäumen auftaucht. Ihr schmutziges Gesicht wird von roten Haaren umrahmt. Sie sieht uns ebenso neugierig wie
vorsichtig an. Die brüchige Stimme von Andrew
ertönt neben mir.

„Chelsea?"

DREIßIG

„Ich kann immer noch nicht glauben, dass du lebst", stellt Andrew zum wiederholten Mal fest, während er Chelsea verwundert anblickt. Sein Blick wandert wieder zu Boden und er vergräbt sein Gesicht in den Händen.

Sie geht vor dem auf dem Boden zusammengekauerten Andrew in die Hocke und nimmt, nach kurzem Zögern, sanft seine Hände herunter. Er leistet keinen Widerstand, blickt jedoch auch nicht auf.

Vorsichtig schiebt sie ihre rechte Hand unter sein Kinn, hebt es an und zwingt ihn so sie anzusehen. Sein trauriger Blick trifft den ihren.

Sie zieht, im Versuch zu Lächeln, einen Mundwinkel nach oben, bemerkt jedoch ziemlich schnell, wie kläglich der Versuch ist und lässt ihn wieder sinken.

„Es tut mir leid. Ich hätte dich nie freiwillig zurückgelassen. Wir hatten doch nur noch uns."

Andrew muss sich mehrfach räuspern, ehe er einen Ton herausbringt.

„Warum?" Sie atmet tief durch.

Das ist eine sehr gute Frage, denkt Chelsea und erhebt sich seufzend. In dem Moment tritt Amelia in den Höhleneingang und die Geschwister schauen zu ihr auf.

„Sie sind weg. Vorerst. Ich habe gesehen, wie sie zurück zum Tor gegangen sind", erstattet sie Bericht.

Chelsea nickt in Gedanken versunken, Andrew zeigt keine Reaktion. Ihr Blick wandert zwischen den anderen Beiden hin und her und wirkt plötzlich etwas unsicher.

„Ich werde draußen warten und mich noch etwas umsehen."

Mit diesen Worten verschwindet Amelia eilig wieder nach draußen. Chelsea seufzt erneut, ehe sie Andrew ansieht, der immer noch zusammengesunken mit gesenktem Blick am Boden sitzt.

„Was weißt du? Wie viel haben sie dir erzählt?"

Endlich blickt Andrew auf.

„Was sie mir erzählt haben? Du kennst doch Vater. Er hat dich als Enttäuschung seines Lebens beschrieben und damit war die Sache abgehakt. Er hat mich ignoriert, wenn ich danach gefragt habe. Auch Jonathan ist mir immer ausgewichen."

Nach einem kurzen Zögern, das fast nicht bemerkbar ist, Chelseas Blick aber fragend werden lässt, fährt Andrew fort.

„Vor ein paar Tagen, hat einer meiner Angestellten etwas gesagt. Als ich Jonathan danach fragte, wurde er ungewohnt unsicher und erklärte mir, dass es falsch war, dich retten zu wollen. Was hast du so Schlimmes getan, dass Vater dich nicht beschützt hat?"

Sie schnaubt verächtlich auf.

„Ich war nie Johns Lieblingskind, genauso wenig wie du, nachdem du angefangen hast selbstständig zu denken. Du weißt, ich liebe Jonathan, aber er...er war schon immer gut darin Leuten blind nachzurennen. Erst John, dann Isaac Ross."

Chelsea dreht sich weg und fährt sich durch die strohigen Haare.

„Ich hatte so viel Zeit mich auf dieses Gespräch vorzubereiten, von dem ich gehofft hatte, es nie von Angesicht zu Angesicht mit dir führen zu müssen, und jetzt weiß ich nicht, wie ich es dir erklären soll. ... Nun gut. Ich war eine Rebellin. Keine großen, illegalen Aktionen, nur kleinere, die keinem schadeten. Doch dann wurde ein Anschlag auf Ross verübt und ich wurde verdächtigt. Sie hatten keine Beweise, aber danach stand ich natürlich auf ihrer Abschussliste. So war mir klar, dass sie früher oder später jemanden auf mich ansetzen würden. Kannst du dich noch an Vaters Geschrei erinnern? Am liebsten hätte er mich höchstpersönlich getötet."

Mit einem verächtlichen Schnauben dreht sie sich zurück und schaut Andrew in die neugierigen und noch immer leicht traurigen Augen.

„Jonathan hatte versucht meine Akte verschwinden zu lassen und mich zu warnen. John hat ihn erwischt, aber im Gegensatz zu mir ist er das Lieblingskind. Ich musste fliehen, ich konnte mich nicht verabschieden, die Soldaten waren schon auf dem Weg zu unserem Haus. Ich sah nur den Weg an Aiden vorbei. Sie haben es wohl aufgegeben nach mir zu suchen, wahrscheinlich dachten sie, die Radioaktivität würde mich umbringen."

Andrew erhebt sich, blinzelt ein paar Mal schnell, so, als versuche er etwas zu verstehen.

„Also stimmt das Gerücht. Er hat wirklich die Akte beinahe verschwinden lassen."

Chelsea schmunzelt und murmelt halblaut vor sich hin: „Ihr seid nun mal Brüder."

Andrews Blick liegt schlagartig wieder auf Chelsea, doch etwas anderes erscheint ihm plötzlich viel wichtiger. Er geht zu seiner lange vermissten Schwester und drückt sie fest an sich. Diese erwidert die Umarmung.

Sie lösen sich erst voneinander, als Amelia wieder zurückkommt.

„Tut mir leid, aber es regnet. Ich höre auch weg."

Andrew und Chelsea lachen, als wären die ganzen Jahre der Trennung nie da gewesen.

„Ist schon gut."

Andrew erinnert sich an all die Fragen, die er Chelsea stellen will.

„Wie hast du hier draußen so lange überlebt?"

Chelsea schluckt hart und druckst etwas herum, ehe sie mit einer fadenscheinigen Antwort herausbricht.

„Ähm ... Ich ... Also ich habe angefangen Fallen aufzustellen und konnte so immer wieder mal ein Eichhörnchen oder ein Kaninchen fangen und ich habe Beeren gesammelt."

Andrew verzieht ungläubig das Gesicht.

„Und was ist mit der Radioaktivität?"

„Naja, ich hatte … eventuell … ein wenig Hilfe von … innerhalb."

Ihr Blick schweift ohne Fixpunkt umher, um auf keinen Fall Andrews Blick zu begegnen.

Er sieht sie forsch an und ist sich fast sicher, die Antwort auf seine nächste Frage bereits zu kennen.

„Wer?"

Chelsea windet sich, dann gibt sie seufzend auf und gibt ihm zerknirscht die gewünschte Information.

„Aiden." Andrew schnaubt empört.

„Aiden? Mein bester Freund Aiden? Er wusste die ganze Zeit, dass du noch lebst und hat mir nichts davon gesagt? Dann hat er das ja doch irgendwie verdient, was ich getan habe."

Erschrocken schaut Chelsea ihren kleinen Bruder an.

„Was hast du gemacht?"

Ihre weinerliche Stimme und die Sorge in ihren Augen ist zu viel für Andrew. Er spuckt ihr die Antwort regelrecht vor die Füße und verschwindet im prasselnden Regen.

„Ich habe ihn niedergeschlagen."

EINUNDDREIßIG

Andrew

„**A**ndrew, ich habe Angst."
Ihre braunen Augen schauen mich müde und besorgt an. Ich seufze und stehe auf, um mir ein wenig die Beine zu vertreten. Die Woche im Wald sieht man ihr an. Wir haben zwar das Essen aus Chelseas Fallen, jedoch reichte das kaum für eine Person aus und nun sind wir zu dritt. Unsere Vorräte waren schon nach den ersten drei Tagen aufgebraucht und seit unserer Flucht waren wir nicht mehr an Chelseas und Aidens Austauschpunkt.

„Wovor denn? Wir sind hier in Sicherheit. Sie werden uns nicht finden."

„Ich spreche doch nicht von mir. Ich habe Angst um meine Familie. Was passiert jetzt mit ihnen? Jetzt, wo ich nicht mehr da bin?"

Ich versuche ihr in die Augen zu sehen, doch ihr Blick wandert in Richtung Boden. Als ich die Tränen in ihren Augen sehe, tragen mich meine Füße schneller zu ihr, als meine Gedanken sich ordnen können. Ich hocke mich neben sie und lege meinen Arm um ihre Schultern.

„Hey, es wird alles gut, ihnen wird nichts passieren. Die Regierung wird sie befragen, aber sie wissen nichts von uns. Sie wissen nicht, wo du bist oder was passiert ist. Sobald den zuständigen Behörden das klar ist, werden sie sie in Ruhe lassen."

Mit tränenverschleiertem Blick schaut sie mich an und mein Herz krampft sich schmerzhaft zusammen.

„Caelan wird sterben", zwingt sie mit brüchiger Stimme hervor. Ich muss hart schlucken. Daran hatte ich noch nicht gedacht.

„Du hast mir doch von Deanne erzählt. Sie hat versprochen, Caelan helfen. Das hat sie garantiert nicht vergessen."

Amelia schnieft und wischt sich mit ihrem Ärmel über das Gesicht. Meine Erklärung scheint sie zu beruhigen, obwohl ich meinen Worten selbst kaum Glauben schenke.

„Wenn du meinst."

Sie steht auf, ohne mich anzusehen und verlässt die Höhle in Richtung des nahegelegenen Baches.

Die Entscheidung, ob ich ihr folgen sollte, oder nicht, wird mir abgenommen, als Chelsea mit wehenden roten Haaren auf mich zu rennt. Unseren Streit und Aidens Verrat hatte ich schnell verziehen, schließlich kämpften wir hier draußen jeden Tag ums Überleben.

„Wir müssen schnell weg von hier. Sie haben uns gefunden!"

Schwer atmend stützt sie sich auf ihre Oberschenkel und schnappt nach Luft. In der Zwischenzeit ist auch Amelia wieder zu uns gestoßen.

„Was ist passiert, Chelsea?"

Der gehetzte Blick der Angesprochenen springt zwischen Amelia und mir hin und her.

„Ich war gerade bei meinen Fallen und wollte die Eichhörnchen einsammeln, da habe ich sie gesehen. Regierungssoldaten. Sie durchstreifen den Wald und scheinen auf dem Weg zu uns zu sein."

Ich spüre Amelias verängstigten Blick auf mir und weiß, dass ich eine Entscheidung treffen muss.

„Ist dir irgendetwas an den Männern aufgefallen?"

„Nein, ich denke nicht. Sie waren schwarz gekleidet, Overalls glaube ich, hatten Gewehre über der Schulter hängen, trugen schwarze Helme und … da war noch etwas. Einer kam direkt auf mein Versteck zu. Bevor ich geflohen bin, habe ich ein Abzeichen auf seiner Brust gesehen. Es war ein roter Schädel."

Mir wird leicht schwindelig, während sich die angsteinflößende Gewissheit in meinem Körper ausbreitet.

„Andrew, was ist denn los? Du bist total blass."

Amelia scheint ernsthaft besorgt zu sein.

Zurecht. Denn du weißt genau, was diese Männer tun. Die kleine Stimme in meinem Kopf hat wie immer recht.

„Ich kenne diese Art Männer. Sie gehören zu einer Spezialeinheit. Sie ... naja ... ähm ... sie werden nur eingesetzt, um Flüchtige zu jagen und ...".

Ich habe nicht die Kraft, den Satz zu beenden. Die Wahrheit ist einfach zu grausam.

„... und sie zu töten."

Amelia spricht das aus, was ich nicht kann. Und auch Chelseas Blick zeigt keinerlei Überraschung. Amelia sieht sich ängstlich um, während meine Schwester mich mit traurigen, aber wissenden Augen ansieht.

Plötzlich stutzt Amelia und dreht sich langsam zu mir um.

„Wie haben sie uns gefunden, Andrew? Was ist mit deinem Chip?"

Misstrauen schleicht sich in ihre Augen.

„Okay, lass uns mal kurz nachdenken. Dein Chip kann es nicht sein. Ich weiß selbst, dass er aufgehört hat, zu senden. Meiner ist ebenfalls deaktiviert worden."

„Bist du dir sicher? Woher weißt du, dass du diesem George trauen kannst? Vielleicht hat er dich reingelegt?"

Langsam werde ich wütend. Warum stellt sie meine Menschenkenntnis in Frage?

„Ich weiß es einfach, okay? Ich vertraue ihm und ich vertraue meinem Bauchgefühl. Übrigens dem gleichen Bauchgefühl, das mir gesagt hat, dass ich dich nicht töten darf."

Sie schaut schnell weg und gibt ein gemurmeltes „Tut mir leid." von sich.

„Dann kann es nur …".

Mein Blick wandert zu meiner Schwester, deren traurigen Blick ich jetzt deuten kann.

„Es tut mir leid. Ich habe sie wohl auf eure Spur gebracht."

Noch ehe Amelia oder ich darauf reagieren können, ertönen plötzlich lauter werdende Männerstimmen. Wir schauen uns verzweifelt an.

„Kommt schon, wir müssen los, sie werden gleich hier sein."

Amelia dreht sich um und läuft los. Chelsea packt mich am Arm und sieht mich eindringlich an.

„Wir müssen uns trennen. Ich denke, sie folgen meiner Spur. Ich kann sie ablenken, dann habt ihr eine Chance, zu entkommen."

„Und was ist mit dir?"

„Ich hätte auch gerne mehr Zeit mit dir gehabt, aber wir müssen jetzt getrennte Wege gehen. Vielleicht sehen wir uns trotzdem wieder. Passt auf euch auf!"

Ich weiß nicht, was ich sagen soll und starre sie nur an. Sie sieht müde aus. Müder noch, als vor ein paar Tagen. Irgendetwas stimmt nicht mit ihr. Sie drückt mich kurz und fest an sich und ich glaube ihre Hand an meiner Seite zu spüren, wie die von George vor einer gefühlten Ewigkeit. Dann dreht sie sich um und flieht.

„Da ist sie! Folgt ihr!"

Die Soldaten habe ich in den letzten Minuten beinahe vergessen. Schnell drehe ich mich um und folge Amelia, die einige hundert Meter entfernt auf mich wartet. Gemeinsam laufen wir los, kreuz und quer durch den Wald.

Nach etwa einer halben Stunde bleiben wir stehen, um zu Atem zu kommen. Ich stütze mich auf meinen Oberschenkeln und schnaufe hörbar.

Urplötzlich springt mich etwas von hinten an. Ehe ich mich wehren kann, liege ich auf dem Rücken und sehe in die wütenden Augen eines Spezialisten. Er muss uns unbemerkt gefolgt sein. Seine Knie bohren sich in meine Oberarme und seine Hände schließen sich um meinen Hals. Verzweifelt versuche ich, mich zu befreien, doch mein Gegner scheint übermächtig, ausgebildet, um zu töten.

Das bist du ja eigentlich auch, versucht die Stimme in meinem Hinterkopf mir Mut zu machen. Doch meine Befreiungsversuche bleiben wirkungslos. Der starre Blick des Mannes über mir hält mich gefangen und so kapituliere ich, während der schwarze Rand um mein Blickfeld immer breiter wird. Kurz bevor alles schwarz wird, frage ich mich für einen Moment, wo Amelia ist und warum sie mir nicht hilft. Für den Bruchteil einer Sekunde befürchte ich, dass die Entscheidung, die all das in Bewegung gesetzt hat, die Falsche gewesen ist. Dass Amelia mich jetzt ausliefert, um selbst zu überleben.

Dann lässt plötzlich der Druck auf meinen Hals nach und der Soldat fällt mit seinem ganzen Gewicht auf mich. Ich schnappe hustend nach Luft. Die Schwärze vor meinen Augen verschwindet und stattdessen tanzen helle Lichtpunkte vor meinen Augen. Immer noch keuchend, drehe ich mich langsam zur Seite, um das Gewicht des Mannes auf meinem Brustkorb loszuwerden. Als ich mich unter ihm herausgewunden habe, sehe ich, dass seine Augen ins Leere blicken, Blut läuft aus seinem Mund. Mein Blick wandert weiter über seinen Körper im Versuch, zu verstehen, was passiert ist. Da sehe ich das Messer, das in seinem Rücken steckt.

Hinter ihm auf dem Waldboden sitzt Amelia mit zitternden Händen und ebenso leerem Blick. Ihre Atmung geht hektisch und flach. Sie muss ihm das Messer aus der dafür vorgesehenen Halterung am Gürtel gezogen und in den Rücken gerammt haben. In Anbetracht seines schnellen Todes hat die Klinge wohl das Herz getroffen. Langsam setze ich mich auf und mir schießt eine Frage durch den Kopf, auf die ich wohl niemals eine Antwort bekommen werde. Warum hat er mich nicht erschossen, sondern mit bloßen Händen angegriffen? Hat er Amelia nicht gesehen?

Plötzlich hören wir die Schreie der anderen Soldaten. In diesem Moment erst bemerken wir, dass wir kaum mehr als fünfzig Meter von einer größeren Lichtung entfernt sind. Wir tauschen einen schnellen Blick und gehen dann vorsichtig in Richtung der lauten Rufe und der lichter werdenden Bäume, um einschätzen zu können, in welche Richtung die Soldaten unterwegs sind. Hinter den letzten Büschen gehen wir in die Hocke und schieben einige der

Dornenranken zur Seite, um einen freien Blick auf die Fläche zu erhaschen, gleichzeitig aber vor den Blicken der Soldaten versteckt zu bleiben.

Am anderen Ende der Lichtung, rechts von uns, bricht plötzlich Chelsea aus dem Unterholz hervor. Für einen Moment hoffe ich, dass sie ihre Verfolger abgeschüttelt hat und auf dem Weg zu uns ist. Doch meine trügerische Hoffnung verschwindet schnell wieder, als ich nach und nach den Ausdruck in ihrem Gesicht erkennen kann. Blanke Panik.

Sie rennt mit wehenden Haaren über die baumlose Fläche.

Etwa fünfzig Meter hinter ihr durchbrechen die Soldaten unter lautem Schreien die Baumgrenze. Ich sehe, wie einer der Männer sein Gewehr anlegt und schießt. Sekunden später bricht Chelsea zusammen. Amelia springt erschrocken auf. Blitzschnell greife ich sie an beiden Armen, ziehe sie wieder zu mir herunter und kann ihr gerade noch rechtzeitig die Hand vor den Mund pressen, um ihren Schrei zu ersticken. Starr vor Entsetzen, starren wir beide auf Chelseas leblosen Körper. Auf den Körper meiner Schwester, die ich nach so langer Zeit wiedersehen durfte und die ich jetzt erneut verlieren musste. Ich spüre Amelias Tränen an meiner Hand. Mein Blick ist immer noch starr auf die Lichtung und Chelseas flammend rote Haare, die sich langsam dunkler färben, gerichtet. Ihr Blut umfließt ihren Kopf und sucht sich einen Weg in den ausgetrockneten Boden. Sie sieht friedlich und schön aus, wie sie da so liegt.

Alleine ihre vor Schreck aufgerissenen Augen stören das Kunstwerk. Mein Verstand weigert sich zu akzeptieren, was gerade direkt vor meinen Augen passiert ist. Es konnte einfach nicht wahr sein. Es durfte nicht wahr sein.

Amelia scheint sich schneller von ihrem Schock erholt zu haben, als ich. Sie schüttelt meine mittlerweile kraftlos gewordenen Arme ab, packt mich fest am Handgelenk und läuft los. Ich lasse mich widerstandslos mitziehen.

ZWEIUNDDREISSIG

Hey Bruderherz,

du wunderst dich wahrscheinlich, nach so langer Zeit von mir zu lesen. Ich möchte dir gerne alles erklären, aber ich fürchte, ein einziger Brief reicht dafür nicht aus. Trotzdem werde ich es versuchen.

Ich lebe, wenn man das so nennen kann, außerhalb der Stadt. Ja, du hast richtig gelesen. Es ist möglich, wenn auch nur mit Unterstützung von innen. Wenn du das hier liest, hat Aiden dir den Brief gegeben und du wirst vermutlich ziemlich sauer auf ihn sein. Aber bitte verzeihe ihm die Geheimhaltung. Es war mein Wunsch, dass du nichts davon erfährst. Bis jetzt.

Mein Leben hier draußen war nicht so toll, deshalb wollte ich dich nicht damit belasten. Aiden hat damals damit angefangen mir Briefe zu schreiben. Ich glaube, er wusste anfangs nicht, dass ich sie gefunden und jeden einzelnen davon gelesen habe. Erst nach einer Weile wollte und konnte ich ihm antworten, da er einen Stift dagelassen hatte. Wir haben die Nachrichten immer unter einem Stein mit einer Herzmaserung versteckt. Direkt hinter den ersten Bäumen. So hat er mir auch die Medikamente gebracht, durch die ich die

Strahlung ertragen kann. Manchmal hat er sogar einen Teil seiner Essensration für mich dagelassen. Kannst du dir das vorstellen? Aiden teilt freiwillig sein Essen?

Er hat mir viel von dir geschrieben. Und mit jedem Brief hatte ich das Gefühl wieder mehr Teil von deinem Leben sein zu können, auch wenn du nichts von mir wusstest.

Ich weiß, dass du gerade erst erfahren hast, dass ich noch lebe. Doch muss ich dir jetzt sagen, dass das bald nicht mehr so sein wird. Die Strahlung zeigt trotz der Medikamente, die ich nehme, ihre Wirkung. Lange wird es nicht mehr gehen, aber ich will, dass du weißt, was mit mir geschehen ist.

Ich habe dich nie vergessen und werde dich für immer lieben.

Deine Schwester Chelsea

P.S. Eigentlich sollte Aiden dir den Brief geben, aber jetzt kann ich das ja selbst machen. Allerdings habe ich dir schon einiges davon erzählt. Ich hatte jedoch keine Zeit mehr, einen neuen Brief zu schreiben. ☺

P.P.S.: Amelia, pass bitte gut auf meinen kleinen Spinner auf ☺

◆◆◆

Die letzten Sätze scheinen neuer zu sein. Zumindest ist die Schrift noch nicht so ausgebleicht.

Vorsichtig faltet Andrew den Brief wieder zusammen und lässt ihn in seiner Tasche verschwinden. Kurz denkt er darüber nach wie unauffällig Chelsea ihm den Brief zugesteckt hat, bevor sie sich für immer verabschiedet hatten. Seufzend sieht er Amelia an, die neben ihm leise schluchzt und wischt ihr behutsam eine Träne von der Wange. Sie dreht ihren Kopf zu ihm und lächelt ihn an. Er steht auf und streckt ihr seine Hand hin, die sie ergreift und sich hochziehen lässt. Die beiden sehen sich lange in die Augen und umarmen sich. Nach einigen Sekunden lösen sie sich voneinander und sehen in die Ferne, wo die Sonne langsam untergeht. Amelia flüstert lächelnd:

„Ich passe schon gut auf deinen Spinner auf, Chelsea."

EPILOG

Geliebter Aiden,

das wird mein letzter Brief an dich sein. Bitte weine nicht um mich, wir wussten, dass es früher oder später so enden wird. Du sollst wissen, dass ich dich geliebt habe und niemals damit aufhören werde. Ich werde dir nie vergessen, dass du mir geholfen hast, obwohl es dich in große Schwierigkeiten hätte bringen können. Jetzt bin ich zumindest keine Gefahr mehr für dich und ich esse dir dein Essen nicht mehr weg ☺

In ewig währender Liebe,
Chelsea

♦♦♦

Aiden blickt auf, von dem Brief, der seine Welt im Bruchteil einer Sekunde zum Einsturz gebracht hat. Nun hat er alles verloren. Er ballt seine Fäuste im Versuch seine Gefühle unter Kontrolle zu bringen. Doch wem macht er etwas vor? Er steht wiedermal alleine auf der Mauer, seinen Dienst verrichtend.

Sein Blick sucht den Horizont ab, um vielleicht doch noch irgendwo ein Lebenszeichen von Chelsea zu finden, doch er erspäht nichts. Eine Träne löst sich aus seinem Augenwinkel, während er in den Himmel schaut.

„Ich liebe dich auch, Chelsea."